MOCAMBO

Nicola Bellotti

INDICE DEI RACCONTI

BENVENUTI AL MOCAMBO

Non so quale destino ti porti al Mocambo, ma posso assicurarti che sei nel luogo giusto. Non è un caso che tu sia qui, in pochi riescono a trovare il sentiero. In realtà, era abbastanza prevedibile che tu arrivassi, vero?

Ora, rilassati. Questo non-luogo è l'ideale per concederti un po' di tempo. Hai voglia di un drink? Posso far suonare un po' di musica, se preferisci. Sarebbe quasi un peccato non farti ascoltare almeno una canzone di Paolo Conte, dal momento che per gli arredi abbiamo preso in prestito alcune sue atmosfere.
Presto conoscerai gli altri avventori, personaggi dai contorni curiosi (compreso un astice parlante) con cui potrai viaggiare tra passato e futuro, visitare luoghi misteriosi e trovare tante domande e poche risposte. Proverai emozioni, questo è certo.

Non voglio prolungare ulteriormente la tua attesa. Il mio compito è solo quello di accoglierti e prendere tempo, permettendo alle pagine di questo libro di mettersi un po' in ordine in attesa che tu cominci a leggere.

"Benvenuti al Mocambo, lo spettacolo sta per iniziare".

LA MACCHINA DEL TEMPO

"Einstein può andare a farsi fottere", pensai riguardando i miei appunti. Nel cuore pulsante di Montmartre, dove le ombre di Parigi si intrecciavano con storie nascoste, il bagliore dell'insegna al neon del Mocambo si insinuava tra le persiane, proiettando la sua luce bluastra sulla mia scrivania. Là, tra carte ingiallite dal tempo, resti di computer sventrati e un labirinto di microcircuiti, il chiarore del locale notturno più frequentato del quartiere disegnava contorni netti e precisi, come se cercasse di rivelare i misteri celati nel caos del mio lavoro. Presi la tazza di tè che avevo dimenticato in un angolo del tavolo, tra le foglie di Longjing cadute dal barattolo, i miei libri e le montagne di riviste scientifiche. La ceramica era ancora tiepida e l'infuso aveva un colore verde appena accennato, perfetto per quel tipo di miscela. Mi tornò alla mente un vecchio proverbio cinese che avevo imparato in una sala da tè a Shanghai. "Il primo infuso è per il gusto. Il secondo è per il piacere. Il terzo infuso è per l'occhio. Il quarto infuso è per rilassarsi". Nonostante avessi bevuto migliaia di tazze di tè nella mia vita, non avevo mai imparato a rilassarmi.

Dopo aver ingoiato l'ultimo sorso, il mio sguardo ricadde su un articolo pubblicato da una rivista scientifica molto autorevole e su un paragrafo che avevo evidenziato. "Se un'astronave riuscisse a viaggiare a una velocità vicina a quella della luce, il tempo per chi si trovasse all'interno rallenterebbe", scriveva l'autore del saggio. "Se la stessa astronave riuscisse a viaggiare a una velocità superiore a quella della luce, la dilatazione temporale potrebbe teoricamente permetterle di raggiungere la sua destinazione in un momento antecedente la partenza, facendola effettivamente viaggiare indietro nel tempo". Queste teorie le conoscono tutti. Sfortunatamente sono solo teorie. Nella pratica, la velocità della luce è il limite insuperabile dell'universo. In base alle leggi della relatività del buon vecchio zio Albert, è necessaria una quantità infinita di energia per accelerare un corpo a una velocità pari a quella della luce. Più aumenta la sua massa, maggior energia è necessaria per accelerare ulteriormente. Viaggiare a una velocità superiore a quella della luce è fisicamente impossibile, e questo - secondo il filosofo della scienza - renderebbe inattuabile il viaggio a ritroso nel tempo. Ma la fisica non spiega tutto.

"Einstein può andare a farsi fottere", ripetei ad alta voce osservando la mia macchina del tempo pulsare nel salotto di casa.

La mia ossessione per i viaggi nel tempo era cominciata diversi anni prima, all'apice della mia carriera. Ricordo con precisione assoluta il momento in cui tutto ha avuto inizio. Oppure fine.

Era settembre. Da poche settimane il mio team aveva presentato al mondo il computer quantistico più potente mai realizzato, in grado di eseguire in pochi minuti calcoli che i processori tradizionali avrebbero impiegato anni a completare. Dopo questo clamoroso successo i vertici della Zhui Shu, la multinazionale cinese per cui avevo sviluppato il progetto, mi affidarono la direzione della filiale europea con sede a Parigi. Ottenere quel ruolo non era stato facile per un italiano. Avevo lottato con le unghie e con i denti per emergere e per ottenere il rispetto di un management ostile e diffidente. Ma ce l'avevo fatta. All'età di 45 anni, giocavo a golf con il direttore del "China Daily" e con il Ministro Tang Tseng-Chang. Guidavo un'azienda con oltre 32.000 dipendenti solo in Europa. Stringevo saldamente il timone della mia vita e non avevo paura di nulla. Mi sentivo invincibile e per la prima volta il mio nome di battesimo, Orso, mi sembrava adatto.

Eppure bastò un sorriso perché tutto il mio mondo, apparentemente perfetto, crollasse come un castello di carte.

Per anni mi ero quasi dimenticato di lei. Dopo l'Università, la mia vita aveva preso una direzione diversa dalla sua. Mi ero focalizzato quasi esclusivamente sul lavoro, avevo avuto relazioni sentimentali più o meno importanti, avevo selezionato quelle amicizie che mi avrebbero permesso di mettere un po' di fertilizzante sulle mie ambizioni.
Nomina sunt consequentia rerum, dicevano i latini, e devo ammettere che più passava il tempo e più sentivo che il mio nome avesse in qualche modo contribuito a forgiare il mio destino. Da ragazzo mi sentivo goffo, maldestro, impacciato, come gli orsi dei cartoni animati. Odiavo il mio nome. Crescendo, lessi che per i nativi americani l'orso è un animale totem che simboleggia il legame tra il cielo e la terra, incarna

qualità positive come il coraggio, la gentilezza, la forza, la volontà, ma è anche simbolo di manifestazioni negative come la rabbia, la ferocia e... la bramosia.

Era settembre quando, all'improvviso, rividi il suo sorriso.

Era seduta al tavolo di quel vecchio bar che frequentavo da ragazzo, nella città di provincia da cui ero fuggito. Quel giorno ero tornato per vendere una piccola proprietà e per liberarmi dell'ultimo legame che mi ancorava a quella città stretta nell'abbraccio soffocante dell'invidia, avvolta nel grigio velo della mediocrità e immersa fino al midollo nell'insipido calderone del provincialismo.

Era seduta lì, con aria pensierosa. Passai rapidamente senza nemmeno abbassare il finestrino dell'auto; il tempo necessario per intravedere un sorriso rivolto a quello che doveva essere il suo bambino all'interno di una carrozzina. Il suo sorriso. Credo che tutto si sia frantumato in quel preciso momento. Quando tutto ha avuto inizio. Oppure fine.

Un lampo improvviso nell'anima riaccese una serie di ricordi che il mio inconscio aveva nascosto e custodito per anni, nel vano tentativo di proteggermi. Riemersero fotogrammi dei tempi dell'Università, quando eravamo inseparabili. Pur non avendo una relazione, ci legava una complicità libera e illimitata. Il tempo trascorso insieme era quello più prezioso. Era puro ossigeno. Era puro veleno. Ci completavamo senza poterci completare, o forse senza volerlo fino in fondo. Non so se vi è mai capitato di provare un sentimento così assoluto da non riuscire a decifrarlo. Così complesso da rimanere confusi, frastornati. All'epoca non ero in grado di metterlo a fuoco, di dargli un nome. Era come se avessi paura di perdere una cosa troppo preziosa per accollarmi il rischio di cambiare lo stato delle cose.

Finimmo per perderci di vista, fino a quando il destino volle offrirmi una seconda possibilità. Dopo anni di silenzio, la incontrai per caso al matrimonio di un amico che si era fatto strada in televisione. Fu uno dei primi matrimoni gay in Italia. Un evento epocale. Ritrovarsi alla cerimonia si rivelò per entrambi una sorpresa. Eravamo a Firenze, ospiti in una villa con un parco che poteva competere con i giardini di Boboli. Passammo insieme tutto il pomeriggio ricordando i tempi dell'Università e riscoprendo quella libertà a cui entrambi avevamo rinunciato. Cenammo insieme, ignorando completamente tutti gli altri invitati. Bevemmo vino rosso, ridendo della complicità che ancora ci legava. Respiravamo ossigeno. Sorseggiavamo veleno. Alle tre del mattino eravamo sdraiati l'uno accanto all'altra nel prato della villa, al buio, sotto un cielo pieno di stelle. Restammo in silenzio per almeno un'ora, a contemplare l'infinito.

Sono rare le persone con le quali è possibile condividere un'ora di silenzio, sentendosi dannatamente bene e in pace con il mondo. Lei si era da poco sposata, io ero appena stato assunto dalla Zhui Shu per guidare un team di ricercatori a Shanghai. Non trovai il coraggio di baciarla. Dio solo sa se lei avrebbe accettato il mio bacio. Lasciammo che la magia svanisse. Il mio autista mi attendeva fuori dai giardini.

Non la rividi più fino a quel giorno di settembre in cui tutto ha avuto inizio. Oppure fine.

Le mie mani sembrano quelle di un vecchio, ormai.

Il buttafuori del Mocambo stava discutendo in strada con un ragazzotto visibilmente ubriaco che aveva cercato di forzare la porta gialla che portava al mio appartamento, proprio sopra il locale. Averlo ingaggiato per tenere alla larga i curiosi dal mio laboratorio si era rivelata un'ottima scelta. In quel club, a metà strada tra un night e un museo, si stavano esibendo le ballerine di can-can come al più noto Moulin Rouge e il giovane, con tutto il suo gruppetto di amici, non era riuscito a trovare un tavolo, nonostante avesse sfoggiato con arroganza il proprio cognome.

Intanto la mia macchina del tempo continuava a pulsare. Tutto era pronto per il primo test. "Non serve Einstein per andare indietro nel tempo," scrissi nell'ultima pagina del mio quaderno di appunti. "Non serve nemmeno un tunnel spazio-tempo per provare a mischiare le carte dei rimorsi e dei rimpianti, ma è sufficiente fare una passeggiata nel passato con la memoria". Sembra il delirio di un folle, ma credetemi è quanto di più reale possa esistere. "Si può davvero viaggiare nel passato sfruttando e amplificando l'energia dei sogni", scrissi sottolineando il concetto. "La memoria a lungo termine è una bestia difficile da domare. Quella a breve termine è imprevedibile e pericolosa.

Occorrono stimoli forti. Un profumo, la giusta melodia, una fotografia ingiallita. L'importante è che lo stimolo possa aiutare la mente a ripescare dettagli vividi ed emozioni". Non è necessario che il corpo viaggi nel tempo. A cosa potrebbe servire il corpo di questo uomo di mezz'età all'epoca dell'Università o in quel giardino di Firenze? È la mente che deve viaggiare a ritroso nelle pieghe del tempo, tra universi paralleli e scelte sbagliate, per cancellare un rimpianto a favore di un rimorso... o viceversa. È un desiderio molto comune: la testa di oggi nel corpo di allora.

Mi sono preparato a lungo per questo test. Avrò energia sufficiente per un solo tentativo. Quando la compagnia elettrica si accorgerà del consumo taglierà la luce a tutta la zona di Montmartre. Ho un colpo solo, una sola opportunità. L'ultima.

Negli ultimi mesi sono tornato nei luoghi della mia giovinezza e in quel vecchio bar dove l'avevo vista sorridere al suo bambino. Ho passeggiato nel nostro campus universitario per immergermi nuovamente nell'intensità emotiva di ogni ricordo. Ho fatto ritorno a Firenze per entrare di nascosto in quella villa e rimanere sdraiato nel prato a rivedere le stelle. Alcuni di questi luoghi erano cambiati tanto da essere quasi irriconoscibili. Eppure in ogni tappa ho raccolto un'emozione, un profumo, un tuffo al cuore, un piccolo innesco per reminescenze più dettagliate che tracceranno la mappa del mio viaggio indietro nel tempo. In fondo non è stato così difficile. Gli amori impossibili, quelli che non abbiamo mai vissuto, sono quelli che ricordiamo con maggiore dolcezza, quasi come se appartenessero a un universo parallelo. In fondo, che cos'è l'amore? Come uomo di scienza, non riesco a spiegarmelo. Temo sia un'arma pericolosa in grado di manipolare ognuno di noi, un'energia che riesce sempre a mettere a nudo le nostre debolezze. Qualcosa per cui in fondo vale sempre la pena vivere. O morire.

Ora che ho scritto l'ultima pagina del mio diario è tempo di dare inizio all'esperimento. Ciò che resterà di me, in questa epoca, sarà solo il triste simulacro di ciò che sono stato. Un corpo vuoto, come l'involucro di una pupa. Oppure, se riuscirò a cambiare il mio passato, tutto ciò che sono e quanto vedono i miei occhi in questo momento non sarà mai esistito, compresi i miei studi, gli esperimenti e la macchina del tempo.

"Ore 23:55. Tutti i livelli sono nella norma. L'energia fluisce regolarmente. I dispensatori sono programmati per erogare gli inneschi. Ho assunto l'ultima dose di siero. La macchina è operativa. L'Orso è pronto a partire".

KILLER

Il cameriere del Mocambo si avvicinò al tavolo. "Un J&B per lei e una Coca-Cola Zero per il signore. Sono 9 euro, per cortesia".
L'uomo con i baffi si faceva chiamare Leoncavallo, per gli amici Leon. Passò al giovane una banconota da 10 euro e lo invitò a tenere il resto. Attese che si fosse allontanato a sufficienza e commentò: "questo Paese ha iniziato ad essere incivile il giorno in cui i bar hanno cominciato a farti pagare il conto prima che tu abbia finito la tua cazzo di consumazione".
L'altro uomo seduto al tavolo era noto nel giro come Doc. Si diceva che i suoi lavori fossero precisi e puliti come quelli del miglior chirurgo. Nascosto dietro ai suoi occhiali da sole, annuì sorridendo. "Il mondo è in mano ai barbari, ormai. Se vuoi, pianto un colpo in testa al cameriere e andiamo a bere qualcosa da un'altra parte".
"No, grazie. A Roma non c'è un posto migliore del Mocambo. Luci soffuse, musicisti seri, nessuno di quei ragazzini che stanno tutto il giorno a scrivere messaggi sul cellulare". Il killer con i baffi si appoggiò allo schienale. "Tornando a quello che stavamo dicendo, l'Addio alla Madre nella Cavalleria Rusticana batte il Nessun Dorma dieci a zero. Non riesco a trattenere le lacrime ogni volta che ascolto quell'aria interpretata da Caruso, Pavarotti

o Del Monaco".

"Tu sei troppo sensibile," lo interruppe Doc, il sicario con gli occhiali da sole. "Hai pianto leggendo *I Miserabili*, ti sei commosso sulla scena madre de *La Leggenda del Pianista sull'Oceano*, persino quando quello psicopatico di Roschach è finito morto ammazzato in *Watchmen* avrai avuto il fazzoletto in mano".

"Gran fumetto," lo interruppe Leon.

"Spiegami perché ti piace la Cavalleria Rusticana... io proprio non lo capisco. Mascagni non è paragonabile a Verdi o Puccini".

Leon si carezzò i baffi e sorseggiò il suo scotch. "Turiddu è innamorato di Lola. È la sua promessa sposa. Quella poco di buono si mette con Alfio quando lui viene chiamato alle armi, e al suo ritorno si trova incastrato con Santuzza. Appena prima di andare incontro alla morte, nel duello con Alfio, dice addio a sua madre e le raccomanda di prendersi cura di Santuzza. Le ho giurato di condurla all'altare, le dice. Lui non la ama, ma ha fatto una promessa... e l'onore viene prima di tutto".

"Ci risiamo," commentò Doc. "Come fa un killer figlio di puttana come te a parlare di onore?".

"Io uccido solo i cattivi," rispose con aria seria Leon. "E non bevo bibite da ragazzino quando devo parlare di affari con un amico".

Doc si guardò intorno prima di estrarre una busta dalla tasca della sua giacca. "Questo è l'incarico di cui ti avevo parlato. Apri la busta".

Il killer con i baffi lesse il foglietto che era contenuto nella busta, poi guardò una delle foto che erano allegate. "Io non tocco i bambini," si affrettò a dichiarare. "Non ho mai ammazzato un bambino, o una donna".

"Non è lui il bersaglio. Quello è suo figlio. Una volta a settimana Boris Vasilyev va a prenderlo a scuola. Lo aspetta sulla sua auto blindata vicino al cancello, in via Orbassano. Quando il ragazzino esce dall'edificio lui scende dall'auto e gli va incontro. Hai circa 8 minuti per farlo secco".

"2 minuti se voglio evitare che crepi davanti agli occhi del bambino. Questa cosa del ragazzino non mi piace per nulla".

"Ha sei anni. La madre si rifarà una vita e crescendo non si ricorderà nemmeno di averlo conosciuto... suo padre".

Leon ripose la foto del bambino nella busta e tornò ad osservare il foglietto. "50.000 sono una bella somma. E tu cosa ci guadagni?"

"Almeno la Coca-Cola l'hai pagata tu".

"Non pigliarmi per il culo". Lo sguardo di Leon si fece molto severo. "Quale ruolo giochi in questa partita?".

Doc gli sorrise. "Nella Turandot tutti gli occhi sono per la principessa dal cuore di ghiaccio e per il pretendente Calef. Nessuno si fila la piccola Liù, che per amore si toglie la vita, dopo essere stata torturata a lungo e senza che abbia mai tradito il suo sovrano. Lei rappresenta onore e amore al tempo stesso. È per lei che piangerei, se ne fossi ancora capace".

* * * * *

L'auto di Boris Vasilyev era parcheggiata davanti alla scuola. Il magnate aveva fatto i soldi con la vodka quando, anni dopo il crollo del regime, in Russia non c'erano nemmeno i beni di prima necessità. E l'alcol da quelle parti è una necessità primaria, più del pane o del latte. La gente era così disperata che si sarebbe bevuta persino il fluido del radiatore. Lui colse l'occasione. Portò la vodka nelle periferie di Mosca, poi con i primi soldi comprò una distilleria in rovina e arrivò a rifornire la mafia russa. Pochi anni dopo aveva costruito un impero, sui cadaveri di molti concorrenti.

Leon non aveva idea di chi lo volesse morto. Era abituato a non farsi domande. Trovò strano che la mafia russa avesse bisogno di un sicario italiano per far fuori Vasilyev. Forse il cliente era un uomo politico. O un marito geloso. Poco importava. Appostato sul tetto di una palazzina di fronte alla scuola, stava regolando il mirino del suo fucile di precisione.

Il bersaglio scese dall'auto insieme alla sua guardia del corpo, un gigante con una cicatrice sotto l'occhio destro e un paio di occhiali da sole fuori moda. Non doveva essere molto sveglio, visto che seguiva il suo boss a distanza senza coprirlo.

Attese il momento giusto e sparò un colpo senza esitare. La testa di Vasilyev esplose come un cocomero maturo. Lentamente, mentre in strada si udivano le prime grida, svitò il silenziatore, smontò l'ottica e infilò i componenti del suo fucile in una sacca che si caricò sulle spalle. Ammezzò un toscano con il suo tagliasigari e se lo infilò in bocca. Poi scese in strada con l'intenzione di dileguarsi tra i vicoli, ma notò qualcosa di strano. Era già arrivata una pattuglia di Carabinieri. Un militare stava interrogando la guardia del corpo. Il cadavere era stato coperto con una giacca, forse per evitare che i bambini rimanessero impressionati. Dov'era il figlio di Vasilyev? Osservò con attenzione. Le maestre della scuola avevano chiuso il cancello. Tutti i bambini erano nel cortile dell'edificio, al sicuro. Tutti tranne il piccolo russo. Un brivido gli attraversò la schiena. Perché nella busta di Doc c'era anche la foto del bambino e non solamente quella del bersaglio?

* * * * *

La notizia dell'omicidio di Boris Vasilyev aveva occupato un piccolo trafiletto sui giornali nazionali. A nessuno interessava la morte di un mafioso russo che viveva da nababbo a Roma.

Quella sera il Mocambo era pieno. Sul piccolo palco del locale si stava esibendo un complesso jazz che arrivava da New Orleans. Il nero che suonava la tromba era sudato fradicio, sembrava avesse il diavolo in corpo. Vicino ad una porta gialla che stonava con il resto dell'arredamento del locale qualcuno provava a ballare. Due amiche che avevano bevuto un po' troppo si dimenavano ricambiando gli sguardi dei ragazzi seduti al tavolo accanto, ma nessuno aveva ancora osato fare la prima mossa.

Un cinese dalla faccia stravolta, vestito con un abito di sartoria che sembrava nuovo di zecca, provò ad accendersi una sigaretta, ma venne immediatamente ripreso da un cameriere che, con modi gentili, gli indicò il cartello che riportava il divieto di fumo nei locali pubblici. Le altre persone che erano sedute con lui scoppiarono a ridere, e gli riempirono il bicchiere di grappa.

"Ecco i tuoi 50.000," disse Doc allungando una busta. "Il cliente è molto soddisfatto del tuo lavoro".

"Dov'è il bambino?" Chiese Leon guardandolo dritto negli occhi, senza toccare la busta. "Non mi piace essere preso per il culo. Specialmente da chi considero un amico".

"Siamo professionisti, Leoncavallo. Questo è il nostro lavoro. Se mi pagassero per spararti non esiterei un secondo".

"Lo so, questo ci ha sempre reso profondamente differenti". Leon ingoiò il suo J&B e ne chiese un altro al cameriere, con un gesto della mano. "Dov'è il bambino?" Domandò con lo stesso identico tono di voce. La sua fronte era imperlata di sudore. Faceva caldo, un caldo fottuto.

"Bevi troppo," gli rispose l'altro killer togliendosi gli occhiali da sole, "e questo ti rende vulnerabile. Invecchiando stai diventando sempre più sensibile. Questo punto debole, prima o poi, ti costerà la vita. È solo un moccioso russo, fino a l'altro ieri non sapevi nemmeno che fosse al mondo".

"Ora lo so. Ora ho la sua faccia stampata nella testa. Dimmi come stanno le cose, Doc, o da questo locale uscirà uno solo di noi". Sottolineò la sua frase appoggiando la canna di una pistola contro il ginocchio dell'altro sicario, sotto il tavolo.

In quel momento si aprì la porta del Mocambo ed entrò la guardia del corpo di Boris Vasilyev, il gigante con il volto sfregiato. Si avvicinò al bancone e ordinò una vodka. Poi si voltò a fissarli.

"Quella è la mia assicurazione sulla vita," spiegò Doc infilando una cannuccia nella lattina di Coca-Cola Zero. "E comunque questo locale fa schifo. Non mi hanno dato nemmeno un bicchiere e questa bibita costa 4 euro".

Leon non si mosse di un millimetro. "Te lo chiedo per l'ultima volta. Dov'è il bambino?"

Doc gli sorrise. "Hai presente quando, nella Turandot, Calef decide all'improvviso di partecipare alla prova suicida? Prima di lui chiunque avesse provato a sposare la principessa era morto. Ma a lui era bastato vedere il suo volto per cadere in estasi. Colpito al cuore dalla freccia di Cupido, Calef perde letteralmente la ragione". Prese una sigaretta e se la infilò in bocca, spenta. Poi continuò. "Ho incontrato Sonya, la moglie di Vasilyev, alcuni mesi fa al Casinò di Venezia. È una donna molto bella, lo sai?"

"Lo immagino," annuì Leon. "I mafiosi russi hanno gusti pacchiani, ma in fatto di donne, di solito, la sanno lunga".

"Lei è diversa. Era una campionessa di pattinaggio su ghiaccio. Lui è stato il suo sponsor, le ha pagato gli insegnanti migliori, l'ha portata alle Olimpiadi. Ma al tempo stesso l'ha chiusa in una gabbia dorata. Lei era molto giovane e credeva che lui fosse un onesto imprenditore. Dopo il matrimonio ha capito di che pasta fosse fatto quell'uomo".

"Arriva al dunque," lo interruppe Leon.

"La picchiava. E terrorizzava il bambino. Era convinto che lei lo tradisse e che il figlio non fosse suo. Era sempre ubriaco e la prendeva con la forza, spesso davanti al ragazzino e alla guardia del corpo. La scorsa settimana ha spento un sigaro sulla schiena del figlio e ha quasi ammazzato sua moglie".

"Che gran bastardo".

"Già. Comunque al Casinò non l'ho incontrata per caso. È stata la guardia del corpo a combinare la cosa. L'ho capito solo in seguito, quando abbiamo iniziato a pianificare l'omicidio. È stato fin troppo facile. Serviva un finanziatore, e lo abbiamo trovato in fretta, tra i nemici di Vasilyev. Serviva un killer lontano dai giri della mafia russa, uno bravo, che portasse a termine il lavoro senza fare cazzate...".

"Dov'è il bambino, Doc?"

"...e serviva un altro bastardo senza scrupoli che riuscisse a prendere il moccioso approfittando del caos, mentre Sonya fuggiva dalla villa di Vasilyev". L'assassino si alzò lentamente. "Il bambino ora è al sicuro, con sua madre. Prendi i tuoi soldi e goditeli. Il tuo onore è salvo".

"Stai andando da lei?" Domandò Leon, senza voltarsi.

Sul volto del criminale si dipinse un sorriso beffardo. "Alla fine della storia è proprio la morte di Liù l'evento che riesce a sciogliere il cuore di Turandot. Morte e Amore. È sempre la stessa storia, vero?"

Leon rimase ad osservare il suo amico mentre usciva dal Mocambo insieme alla guardia del corpo dell'uomo che aveva assassinato. Lasciò a metà il suo whisky, prese la busta con i soldi e se ne andò.

IL FILO ROSSO

"Cosa ci fai qui?" chiese Elide vedendolo scendere dalla moto sull'altro lato della strada.

Jericho fece un cenno di saluto mentre, con il fazzoletto che teneva legato al manubrio della moto, provava a togliersi un po' di sabbia dalla giacca. Si bagnò la testa con l'ultimo sorso d'acqua che aveva nella borraccia, e piccoli rivoli trascinarono la polvere gialla del deserto tra le rughe del suo volto, finendo per insinuarsi nella sua barba incolta.

Era una notte molto calda. Le strade, avvolte in un'aria densa e vibrante, tremavano sotto il peso di un caldo soffocante che non concedeva tregua. L'aroma penetrante del suolo riscaldato si mescolava con il profumo dolce e acre di arbusti notturni, creando una fragranza che era l'essenza stessa dell'Africa.

La ragazza indossava una vecchia canottiera bianca e un paio di pantaloncini sportivi rosa, in cotone, e teneva i capelli raccolti. Infilò un paio di scarpe da ginnastica e scese rapidamente le scale per avvicinarsi al cancello di casa.

Lui rimase in silenzio, osservandola attraverso le lenti luminose dei suoi occhiali per la realtà aumentata, un gingillo tecnologico in grado di interagire con ogni veicolo dotato di guida automatica, come la sua moto ispirata ai modelli del secolo precedente.

Quel quartiere di Nuova Addis Abeba era abitato solo da stranieri, provenienti per lo più dalla vecchia Europa e dalla Russia. Da quando la Cina si era comprata mezzo continente Africano, tutta l'Etiopia era tornata ad essere di fatto una colonia. Dal primo decennio del 2000, per i successivi 25 anni, le baracche, gli slums e i quartieri poveri erano stati smantellati e trasformati in alveari di palazzi, centri commerciali e strade a quattro corsie. Quello che un tempo era stato il rione del mercato oggi era un quartiere per stranieri e lavoratori giunti in Africa per cercare fortuna. La nuova frontiera.

In quel mosaico di casette di cemento armato che si estendeva per chilometri vivevano i pochi immigrati di seconda generazione che erano riusciti a trovare un modo per integrarsi, lavorando per il governo o per le aziende cinesi. Gli altri se n'erano andati o erano stati costretti a spostarsi più in periferia, su un pezzo di terra arida che non lasciava speranze di vita se non a cactus e scorpioni, dove vivevano i lavoratori che arrivavano dai paesi sottosviluppati e venivano sfruttati come schiavi per costruire strade, ferrovie, fabbriche e palazzi.

Elide si fece più vicina alla strada, fermandosi ad un passo dalla porta di ferro battuto verniciata di bianco e azzurro che proteggeva il suo nucleo abitativo. Allontanò dagli occhi una lunga ciocca di capelli e lo scrutò a lungo, con sguardo severo. "Mio marito è in casa," sussurrò, restando sulla difensiva, "non credo gli farebbe piacere rivederti". La telecamera di sorveglianza si voltò di scatto, emettendo un sibilo. La inquadrò, riconobbe il volto della padrona di casa ed emise un breve suono prima di tornare a puntare verso la strada.

"Come stai?" si limitò a domandare Jericho, tenendosi a distanza. La domanda non risultò affatto banale. Nella sua semplicità colpì nel segno, e gli occhi della ragazza si velarono. Non rispose.

"Ti ho fatto una domanda," insistette il motociclista, sottolineando la cosa con un sorriso. "Ho mangiato almeno un migliaio di zanzare sulla strada da Gibuti e c'è più sabbia nella mia barba che nell'inferno di Dancali. Voglio solo sapere se stai bene".

"Perché non dovrei stare bene?" replicò lei in tono provocatorio.

"I tuoi ultimi messaggi... non sembravi tu".

"E tu prendi la moto, fai 700 chilometri di strada sotto il sole africano per i miei messaggi in chat". Era evidentemente contrariata.

"Non per quello che hai scritto, ma per quello che non hai scritto". L'uomo con gli occhiali tecnologici le si avvicinò con cautela. Il cancello continuava a separarli. La telecamera si muoveva lentamente, registrando ogni movimento.

Lo sguardo di lei si fece davvero severo.

Elide possedeva un volto che sembrava scolpito dalla stessa brezza che scompigliava i suoi capelli biondi, color miele. Il suo profilo era semplice ma elegante, con lineamenti che non avevano bisogno di orpelli per essere apprezzati: un naso dritto, labbra sottili e un mento definito, come se l'ultimo tocco di un artista avesse voluto dare una forma perfetta senza ostentare.

Dall'appartamento al primo piano si udivano rumori di piatti, stoviglie e braccia meccaniche. La TV olografica trasmetteva il notiziario cittadino in cinese e tra un servizio e l'altro si ripeteva lo stesso rullo di spot pubblicitari che proponevano cibo spazzatura, sesso a pagamento e tecnologia a basso costo. La strada era poco illuminata. Gli urbanisti cinesi avevano risparmiato non solo sui dettagli architettonici, ma un po' su tutto l'arredo urbano.

La ragazza si voltò verso la finestra al primo piano. Premette un pulsante vicino a quello che sembrava un vecchio citofono e fu illuminata da una luce verde. "Porto via la spazzatura!", disse al microfono. "Poi faccio due passi fino al lago. Inserisci allarme tipo due". Aprì il cancello. Spinse fuori un carrello a levitazione, sul quale erano posizionati 6 bidoni di colore differente, e si incamminò verso la strada principale.

Lui la seguì senza parlare. Giunsero fino alla zona sud del lago artificiale di Nuova Addis Abeba, dove era stata costruita una finta località balneare, con tanto di spiaggia ed ombrelloni. Non c'era anima viva, come in quasi tutte le strade a quattro corsie e i centri commerciali di quello che era poco più di un quartiere fantasma. Il Mocambo, un piccolo chiringuito in legno e paglia costruito in riva al lago, stava chiudendo i battenti. Jericho notò una porta gialla sul lato più nascosto, chiusa da un grosso catenaccio e parzialmente coperta da arbusti e ciarpame, da cui filtrava uno strano bagliore. Molto spesso i chioschi come il Mocambo svolgevano attività commerciali poco trasparenti e immaginò che la porta nascondesse un piccolo magazzino con prodotti importati illegalmente dall'Europa.

Un po' di sano contrabbando era tollerato.

Gli ultimi clienti se n'erano andati da un pezzo. Elide riuscì a convincere il barista cinese, un'uomo con lunghi capelli bianchi e un'età indecifrabile, a spillare due birre prima di andare a dormire. La banda che si era esibita sul palco in riva al lago, durante la serata, stava caricando gli strumenti su un vecchio furgone marchiato Chery. Uno dei musicisti, un cubano con la pelle nera come la notte, chiese un accendino al barista, accese una sigaretta e si incamminò verso la periferia a piedi, mentre gli altri salivano sul camioncino. Prima di sparire nell'ombra si voltò un'ultima volta, osservandoli da lontano per un istante.

"Allora, come stai?", domandò nuovamente Jericho porgendo un bicchiere alla ragazza.

"Ora sto un po' meglio," rispose lei, sprofondando le labbra nella schiuma. "La birra cinese non è neanche male, ma odio i bicchieri di eco-plastica".

"Io li trovo in qualche modo... amichevoli", commentò l'uomo.

"Almeno non sono altezzosi come quelle *flûtes* per lo champagne fatte con gli scarti dell'industria alimentare".

"Avevo solo un po' di malinconia," rispose lei. "Un po' di malinconia e un pizzico di rabbia. Tutto qui. E tu sei un pazzo. Hai fatto un viaggio di sette ore... per nulla".

"Volevo fare un giro in moto," commentò in tono ironico. "Il paesaggio tra Gibuti e Nuova Addis Abeba è incantevole da quando le foreste sono state sostituite dalle fabbriche, dai cartelloni pubblicitari interattivi e dalle case ricavate dai container. Rimpiango i vecchi *slums*, dove si mangiava, si dormiva e si faceva sesso in santa pace..."

Si tolsero le scarpe e camminarono nella sabbia fino al limitare delle acque del lago. "Non ci vediamo da mesi," continuò lui, "I tuoi messaggi in chat sono sempre più freddi ed essenziali. A Gibuti la rete fa schifo: manca il contatto video, non posso vederti mentre parli. Non posso guardarti negli occhi per capire cosa ti sta passando per la testa. E poi sappiamo bene entrambi che non sei capace di chiedere aiuto".

"È solo un po' di malinconia", ribadì lei abbassando il capo.

"La malinconia è una cosa seria. Io lo so bene. Sono cintura nera di malinconia. Se ci fossero i campionati mondiali di malinconia, potrei stracciare tutti quanti con il mio *spleen*. Ma nel tuo caso non credo si tratti di malinconia. O meglio, non è soltanto malinconia. Sei arrabbiata. E nei momenti importanti non sei capace di chiedere aiuto".

"Nei momenti importanti ci sei sempre stato. Comunque".

"È il mio dovere di samurai".

Risero insieme. Si alzò il vento e lei fu scossa da un brivido. Lui la strinse a sé e continuarono a camminare lungo la riva.

"Perché sei qui?" chiese lei fermandosi all'improvviso e fissandolo negli occhi.

Lui esitò un istante prima di rispondere. "Sono il tuo migliore amico".

"Perché sei qui?" domandò di nuovo, facendosi seria.

"Sei tu che me lo devi dire. Io ho solo avuto il presentimento che qualcosa ti turbasse. Ti ho mai parlato del filo rosso del destino? In Giappone si pensa che ogni persona porti, fin dalla nascita, un invisibile filo rosso annodato al mignolo della mano sinistra. Questo filo lo lega alla propria anima gemella, e..."

"Anima gemella?" lo interruppe lei. "Saremmo anime gemelle?"

L'uomo con gli occhiali inghiottì l'ultimo sorso di birra ed accese un sigaro africano. Dopo il crollo globale dell'economia, pochi prodotti venivano spostati da un continente all'altro. Il tabacco veniva coltivato soprattutto in Camerun e in Mozambico, dove venivano confezionati i sigari migliori destinati a chi poteva permetterseli, mentre le sigarette economiche arrivavano solo dalla Cina.

"Non so cosa siamo. Non l'ho mai saputo. So solo che quando tu ti ferisci... io sanguino".

"Una bella sfortuna," commentò lei, cercando di mascherare il suo turbamento. Quella metafora l'aveva toccata più profondamente di quanto avrebbe voluto ammettere.

"Tornando al filo rosso, la leggenda dice che nulla può spezzarlo", continuò lui sbuffando una densa nuvola di fumo. "Le anime collegate sono destinate a ritrovarsi, non importa quanto tempo passi, quali ostacoli le separino o che distanze le dividano. Il destino farà il suo corso. La nostra amicizia conta molto per me, Elide. Ora, raccontami... cosa c'è che non va?"

La ragazza lo fissò dritto negli occhi per alcuni istanti, cercando di combattere la tentazione di abbracciarlo come aveva fatto tante volte in passato per combattere la paura. "Devo cavarmela da sola questa volta," gli disse modulando la voce in modo da sembrare il più possibile severa. "E comunque non sono sola... ho un uomo al mio fianco: il mio uomo".

Lui si fece serio. Elide non era mai stata una principessa da salvare.

"Tuo marito è una brava persona, e il suo impegno per i diritti degli etiopi è encomiabile. A questa gente è stata portata via ogni cosa. Cacciati dalle loro baracche con la promessa di un appartamento negli alveari... Non hanno più un posto dove stare e la polizia cinese li confina nei nuovi slums, fuori dall'estrema periferia, nella terra di nessuno. Sarebbe tutto più facile se non lo stimassi, ma il tuo uomo è davvero una brava persona".

"Hanno cercato di ucciderlo il mese scorso," confessò lei, capitolando. "Stavamo uscendo dall'ambasciata dell'Unione Europea e un uomo gli ha sparato con una vecchia pistola a proiettili. Il suo giubbotto deflettore lo ha salvato, ma il sicario si è tolto la vita prima dell'arrivo della polizia. Hanno impiegato più di mezz'ora ad arrivare".

"Se avessero voluto ucciderlo avrebbero usato una pistola neurale. O un'arma al plasma. Non un'arma da fuoco da museo".

"Era chiaramente un avvertimento. I rapporti tra Cina, colonie africane e Unione Europea sono già molto tesi e l'omicidio di un giudice internazionale non sarebbe passato inosservato. La conferma è arrivata il giorno dopo, quando abbiamo trovato sul nostro letto due biglietti per Milano, senza che le telecamere avessero catturato il minimo movimento. È come se quei biglietti fossero apparsi dal nulla".

"Tutto farebbe pensare ai servizi segreti cinesi. Hanno gli hacker migliori, controllano la mafia etiope, polizia, militari e i tribunali africani. Hanno sul libro paga quasi tutti gli ambasciatori europei, soprattutto quelli che contano". Jericho strinse il suo sigaro tra i denti. "Ho fatto bene a venire. Vi farò prendere quell'aereo per Milano a calci nel culo se necessario".

Lei non rispose e rimase ferma a fissare l'orizzonte. I suoi occhi azzurri spiccavano vivacemente, due macchie di colore in un mondo di toni neutri. "Anche mio marito vuole che io torni in Europa, ma qui in Africa c'è tutto quello di cui ho bisogno. C'è il mio lavoro, l'uomo che ho sposato. Ci sei tu..."

Il motociclista sogghignò. "Prima o poi dovremmo fare sesso. Nessuno mi crede quando dico che non c'è mai stato nulla tra noi".

Elide rise di gusto, con quella tipica espressione che le illuminava il viso. Non a caso il suo nome, derivando dal dio Elios, significava "Raggio di Sole".

"È ovvio. Negando non fai altro che convincerli di avere ragione. *Excusatio non petita, accusatio manifesta.* Chissà, potrebbe accadere prima o poi". Lo fissò con uno sguardo malizioso, ma subito si ricompose.

"Non accadrà mai", affermò lui costretto a distogliere lo sguardo dai suoi occhi e sorridendo verso il cielo.

Rimasero in silenzio per qualche secondo, senza riuscire a riprendere la conversazione, uno di fianco all'altra, quando un rumore improvviso attirò l'attenzione di Jericho. Avvertì un senso di pericolo: si voltò di scatto, spingendo indietro Elide, e si guardò alle spalle. Non c'era un riparo e il Mocambo era troppo distante perché il barista potesse chiamare aiuto. Dall'ombra emerse il musicista cubano che avevano visto allontanarsi poco prima, con in mano una pistola. Aveva la fronte imperlata di sudore e gli occhi stralunati di chi aveva in corpo una di quelle nuove droghe sintetiche che stavano invadendo il continente. Afferrò l'arma anche con l'altra mano, per fermare il tremore.

"Non sembri un assassino," provò a dire Jericho, facendo scudo a Elide con il proprio corpo. La sua canottiera, pensò, non l'avrebbe protetta come il giubbotto deflettore di suo marito. Ripensò all'attentato fallito, all'arma da fuoco, al sicario improvvisato e un pensiero gli balenò in mente: era lei il bersaglio, ovviamente. L'omicidio di un giudice internazionale avrebbe fatto troppo scalpore, con conseguenze diplomatiche anche gravi, mentre quello della moglie molto meno. Le minacce non lo avevano intimidito a sufficienza, ma con la morte di Elide sulla coscienza forse avrebbe smesso di interferire con gli affari del governo.

Jericho provò di nuovo a parlare con l'uomo che gli stava puntando contro la pistola: "non hai l'aspetto del killer, puoi ancora uscire da questa situazione se..."

In tutta risposta il cubano chiuse gli occhi e sparò il primo colpo. Il proiettile fischiò vicino all'orecchio di Elide senza andare a segno. Mentre il sicario tentava di prendere meglio la mira, in un attimo Jericho gli fu addosso schiacciandolo a terra con il suo peso e disarmandolo con un pugno. Gli fracassò il naso con una testata e, senza perdere un secondo, corse a prendere l'amica.

"Dobbiamo andarcene subito," urlò afferrandola per un braccio. "Il tuo appartamento non è un luogo sicuro. Sanno come eludere la sorveglianza".

"Non andrò da nessuna parte senza mio marito," gridò lei liberandosi dalla presa, "e senza scarpe!"

"Allora direi che siamo morti". Jericho indicò il furgone dei musicisti che stava emergendo a tutta velocità da un vicolo. Uno di loro era seduto fuori dal finestrino con in mano un Marauder, un fucile in grado di sparare proiettili incandescenti ad alta velocità. Non perse altro tempo. La caricò in spalla e si mise a correre mentre diversi colpi sibilavano in aria.

Salirono sulla moto e partirono a razzo verso Beijing Street. Lui sfiorò la montatura dei suoi occhiali e attivò l'assistente elettronica. "Visione notturna e navigatore satellitare", esclamò.

"*Brutta giornata oggi, signore?*" Domandò l'intelligenza artificiale con una suadente voce femminile.

"Traccia la rotta più veloce per l'aeroporto internazionale. E tieni a distanza il furgone che ci sta inseguendo". L'intelligenza artificiale prese il controllo della moto e proiettò sulle lenti la mappa con evidenziata la posizione del furgone. Era molto vicino. "Chiama il giudice e digli di raggiungerci all'aeroporto. Codice identificativo 364/338. Sua moglie è con me e... lui sa chi sono".

"Non verrà," ruggì lei mentre la moto sfrecciava sulla strada a quattro corsie, completamente deserta. "Il suo lavoro è troppo importante".

"Tu sei importante! E come ti ho già detto vi farò salire su quell'aereo a calci nel culo".

"*Il furgone è molto vicino, signore*", disse l'assistente elettronica. Un proiettile al plasma colpì lo specchietto retrovisore della moto, fondendolo all'istante.

"Porca puttana!" esclamò il motociclista, "era un pezzo vintage, del 1992. Ora mi hanno fatto davvero incazzare". Con la mano sinistra frugò nella sacca di pelle che pendeva sul fianco della moto ed estrasse un piccolo cilindro nero. Premette un pulsante e lo lasciò cadere sulla strada. "Tieni gli occhi chiusi," gridò a Elide. Pochi secondi dopo un bagliore accecante illuminò a giorno il quartiere. L'uomo alla guida del furgone cercò di frenare, ma perse il controllo del mezzo. Un grido precedette lo schianto.

Meno di mezz'ora dopo i fuggitivi erano all'interno dell'area di sicurezza dell'aeroporto internazionale. I militari dell'esercito europeo presidiavano l'area. Non correvano più alcun pericolo. Furono separati e interrogati dal servizio di sicurezza, e quando uscirono dagli uffici della dogana si trovarono in una stanza piccola e buia piena di casse dirette a Milano.

Si guardarono negli occhi intensamente. Lui le prese le mani e le sorrise. "Andrà tutto bene", le sussurrò con dolcezza. La sentì tremare. "Sei una donna forte, cocciuta e determinata. Sei anche tremendamente sexy. Andrà tutto bene. Ti fidi di me?"

"Mi sono sempre fidata". Rispose Elide senza esitazione.

In quel momento la porta si aprì e il giudice Wei, il marito della ragazza, entrò con tutta la sua scorta. Lei corse ad abbracciarlo. Alcuni ufficiali dell'esercito europeo accorsero per garantire la massima protezione e tutto il supporto del caso. L'aereo per Milano sarebbe partito entro pochi minuti.

Quando lei si voltò, l'uomo con gli occhiali gialli era sparito. Lo cercò con lo sguardo nella stanza, lungo i corridoi della dogana, fu persino tentata di inseguirlo, ma i militari accompagnarono lei e il marito a bordo del velivolo, senza darle il tempo di pensare.

* * * * *

Osservando Nuova Addis Abeba dall'alto Elide capì che non sarebbe tornata mai più in quella terra.

La città era stata fondata perché diventasse la capitale di un impero africano che voleva con tutte le forze diventare moderno. Fu trasformata tante volte. Dall'imperialismo, dalle guerre, dal sottosviluppo, dal liberismo senza scrupoli d'inizio secolo, fino al secondo colonialismo cinese che ne aveva fatto la nuova frontiera.

Dall'alto vide la lunga strada che da Nuova Addis Abeba portava a Gibuti e immaginò Jericho che correva verso casa sulla sua moto. Non lo avrebbe rivisto mai più?

Solo allora si accorse che un sottilissimo filo rosso era legato al mignolo della sua mano sinistra.

E sorrise.

HEARTBREAK SMASHER

Il cd dei Nirvana suonava a tutto volume dentro l'abitacolo del suo pick-up, tanto da far gracchiare le casse da 600 watt. Con la voce inconfondibile di un uomo disperato, Kurt Cobain gridava *"Hate me, do it and do it again, waste me, rape me, my friend"*. Le vibrazioni sovrastavano il ticchettio delle gocce di pioggia che si schiantavano sulla carrozzeria nera tirata a lucido.

Era notte fonda.

Heartbreak Smasher - così lo chiamavano i suoi fan - schiacciò con la mano callosa l'ultima lattina di birra che aveva svuotato. La lanciò insieme alle altre ai piedi del sedile del passeggero, girò la chiave e si mise in marcia.

Le luci del Gladiator Stadium di Dallas erano spente da ore. Il suo match si era concluso con la consueta e sofferta vittoria, come da copione. Le sue mani avevano sollevato al cielo la cintura del campione per la dodicesima volta, tra le urla e gli applausi di un pubblico addomesticato. Aveva recitato la sua parte per le telecamere della tv via cavo, diligentemente. Poi si era rifugiato negli spogliatoi. Una lunga doccia bollente, la prima birra della serata, gli autografi per gli addetti ai lavori, le foto di rito e la corsa al parcheggio, fino all'ultimo piano del silos. Fermo sul tetto aveva osservato di nascosto le orde di tifosi uscire come scarafaggi dai pertugi del colosso in cemento armato, per poi riversarsi in strada come una colata di lava. Li aveva seguiti con lo sguardo mentre - eccitati come nerd alla Comic-Con di San Diego - sprecavano fiato nel discutere di quanto fosse stata efficace la mossa di Big Bruto, o di quanto fosse figo il nuovo costume di Vegan Raper.

Li odiava. Li odiava almeno tanto quanto loro amavano lui. Ma non li odiava veramente. Heartbreak Smasher era un eroe, il "face" per eccellenza, il più amato tra i lottatori della federazione americana di wrestling. Milioni di ragazzini indossavano magliette con il suo volto sudato, in una smorfia che lo faceva sentire in imbarazzo... In tutto il paese circolavano gadget e videogiochi nei quali la sua immagine troneggiava, in piedi sulle corde o mentre eseguiva la sua mossa finale: "lo spaccacuore". Lo adoravano perché interpretava il ruolo dell'eroe vittima di grandi ingiustizie, che si ribella e vince rispettando le regole. Sempre lo stesso copione da oltre vent'anni. Una messa in scena che, alle soglie dei 50 anni, assumeva sempre più i toni di una farsa.

I suoi ammiratori non potevano immaginare che quella notte, come dopo ogni recente esibizione, Heartbreak Smasher desiderasse una sola cosa: arrampicarsi sul tetto del palazzo più alto della città e mandare tutti affanculo. Con tutto il fiato, tutta l'energia e la rabbia accumulata negli anni, tutti i rimorsi e i rimpianti. Tutto compreso in un poderoso e tonante "vaffanculo!"

Si sentiva profondamente stanco.

Stanco di essere un "buono" sul ring e nella vita. Stanco di fare sempre la cosa giusta. Sfibrato da quel senso etico che gli imponeva di anteporre sempre i desideri degli altri ai propri. Snervato dagli esami di coscienza costanti a cui lo costringeva la sua educazione cristiana. Era costantemente proiettato verso il passato, aggrappato a ricordi che gli causavano continue fitte al cuore. "Crepacuore"... il suo nome di battaglia gli sembrava così tristemente ironico.

Il mondo era cambiato parecchio negli ultimi vent'anni.

Prima del wrestling Heartbreak Smasher era stato semplicemente Nino Bonelli, un immigrato italiano nella periferia di Dallas.

Da ragazzo, per pagarsi gli studi, aveva lavorato nella cucina di un ristorante. Da buon italiano sapeva stare ai fornelli e parlare di vino e questo piaceva molto alle clienti. La notte lavorava e di giorno studiava.

Era alto e robusto e il suo coach lo aveva spinto a praticare la lotta aiutandolo a vincere numerose gare fino al giorno in cui, nella palestra della scuola, fu avvicinato dai selezionatori della federazione. Gli proposero un contratto, lo misero nelle mani del più famoso allenatore del momento e gli cucirono addosso la sua prima gimmick, l'insieme delle caratteristiche di un personaggio interpretato da un wrestler.

Lo vestirono con un orribile tutina elasticizzata che riprendeva le trame di un abito gessato grigio; gli infilarono una coppola in testa e lo presentarono come "The Young Boss". Date le sue origini italiane e la sua faccia da ragazzo di campagna, al suo allenatore era sembrata una grande idea quella di presentarlo al pubblico come un mafioso.

Nel suo primo incontro, a Detroit, fu accolto dai fischi del pubblico. "Il mafioso" doveva essere per forza un cattivo, un "heel". Il suo avversario era Blue Angel, un atleta californiano dal fisico statuario, biondo e abbronzato, con un viso da copertina. In base agli accordi, Nino avrebbe dovuto perdere dopo una decina di minuti di mosse predeterminate.

Tuttavia - contrariamente alle aspettative dei preparatori - il pubblico iniziò a sostenerlo e ad incitarlo. Detroit era una città in crisi, e la sua gente empatizzò con lo scagnozzo italiano, preferendolo a quel fighetto di Blue Angel; così il copione fu cambiato in corsa e "Young Boss" schienò il modello californiano tra gli applausi scroscianti. Dopo quell'episodio i manager della federazione lo costrinsero fuori dal circuito per sei mesi, lo sottoposero ad un serio allenamento, lo rimisero in pista con un nuovo costume, una maschera e con il nome che avrebbe spazzato via la sua vera identità: "Heartbreak Smasher".

Stava pensando proprio al suo primo match quando vide in lontananza l'insegna del night club dove lo stavano aspettando: il Mocambo.

Fissando la scritta luminosa si rese conto che le 6 lattine di birra che aveva in corpo gli stavano annebbiando la vista. Non gli importava. Quella notte non avrebbe recitato una parte. Nino Bonelli avrebbe mandato a tappeto Heartbreak Smasher.

* * * * *

Sasha Petrov salì le scale lentamente, cercando di non fare rumore. Suo marito si era addormentato sul divano, mentre guardava il wrestling in televisione. I bambini erano già a letto da un pezzo, ma voleva sincerarsi che l'umidificatore nella cameretta di Boris, il più piccolo, non si fosse spento un'altra volta. Suo figlio aveva preso il raffreddore giocando a baseball sotto la pioggia e con il riscaldamento acceso l'aria era davvero troppo secca.

Aggiunse un po' di essenza all'eucalipto nel serbatoio, gli rimboccò le coperte e lo baciò sulla fronte. Entrò nella stanza della più grande, Nadja, e infilò una mano tra i suoi riccioli rossi. La baciò sulla guancia e continuò ad osservarla mentre si raggomitolava brontolando. Poi scese al piano di sotto, indossò l'impermeabile ed uscì.

Il messaggio che aveva ricevuto pochi minuti prima non le era affatto piaciuto. "Stasera torno a vivere," le aveva scritto Nino poco dopo la fine dell'incontro al Gladiator Stadium. "Buona notte, amica. Ti voglio bene".

Nino stava per fare una cazzata. Sapeva leggere tra le righe di tutti i suoi messaggi notturni, anche se con lui aveva sempre finto di non esserne capace, e negli anni i suoi "non-detti" si erano trasformati in rumorosi fantasmi. Provò a chiamarlo, ma il suo telefono sembrava spento.

C'era un solo posto dove avrebbe potuto sperare di trovarlo. Salita in auto controllò che la pistola fosse al solito posto, nella tasca di pelle ricavata sotto il sedile, e partì verso il Mocambo.

Aveva iniziato a piovere a dirotto. I tergicristalli della sua Camaro gialla disegnavano archi evanescenti sul parabrezza. Il rombo del motore le faceva vibrare le mani, saldamente ancorate al volante. In radio passava una vecchia hit di Diddy Dirty Money, "I'm coming home". Imboccò a tutta velocità la Ewing Avenue, superando due vetture ferme al semaforo, poi si fermò facendo fischiare le gomme e imboccò derapando la strada che portava al distretto dei locali notturni.

"I'm comin' home," diceva la canzone. *"Tell the world I'm comin' home, let the rain wash away all the pain of yesterday. I know my kingdom awaits, and they've forgiven my mistakes, I'm comin' home, I'm comin' home, tell the world I'm comin'..."*

* * * * *

Il gigante nero era in piedi, coperto di sangue. Urlava puntando il dito contro il pubblico, con gli occhi spiritati, in preda all'euforia della lotta. Sasha si fece largo tra la gente, avvicinandosi al centro della sala ricavata nel parcheggio sotterraneo del Mocambo. Il rumore era assordante. Un uomo in pelliccia stava raccogliendo l'ultimo giro di scommesse, mentre intorno a lui si accalcava una fauna eterogenea di persone eccitate: una fauna composta da signori in giacca e cravatta, punk vestiti in pelle e jeans, puttane in abito da lavoro, gente comune.

Nino era a terra, immobile. Aveva il volto tumefatto, un vistoso taglio sul sopracciglio e sembrava galleggiare in una pozza del suo sangue. Vicino al corpo c'era una spranga di ferro che il suo avversario aveva usato per colpirlo in faccia.

Quando Sasha lo vide sentì il sangue ghiacciarsi nelle vene. Provò ad avvicinarsi, ma un uomo della sicurezza, fermo vicino ad una porta gialla, la bloccò con un braccio. "Non puoi accedere all'arena," le disse con tono di voce minacciosa. "Questa è un'area riservata".

Incitato dalla folla, il gigante nero si avvicinò ad una coppia di eleganti signore che stavano sorseggiando un drink in prima fila. Con un gesto brutale afferrò il tavolo di ferro mandando in frantumi i bicchieri vuoti e lo sollevò sopra la sua testa. Lentamente si portò sopra l'avversario riverso a terra ed attese la reazione del pubblico.

"Finiscilo!" gridò una donna che si stringeva eccitata al suo accompagnatore, un uomo in abito con in testa una cappello texano. "Si, fallo a pezzi!" gli fece eco un giovane con gli occhiali che indossava una t-shirt dei Metallica.

Sasha aveva lasciato la pistola in auto. Sapeva che il Mocambo ospitava incontri di lotta clandestina e che per entrare occorreva passare sotto un metal detector.

Stava iniziando a preoccuparsi quando vide muoversi la mano di Nino. Il gigante nero stava respirando a pieni polmoni l'eccitazione della folla e non notò che il suo avversario aveva ripreso conoscenza.

Nino si sentiva confuso. Provò a raccogliere le idee e le ultime forze. Il rombo assordante intorno a lui si stava progressivamente trasformando in silenzio. Aveva la vista annebbiata e sentiva la testa pulsare. In bocca avvertiva il sapore metallico del sangue. Si concentrò sulle sue mani. Convogliò le energie residue sulle braccia. Spinse con forza e si alzò sulle ginocchia. Il suo avversario era a pochi centimetri da lui e gli dava le spalle. Aveva un grosso tavolo sospeso sulla testa e i fianchi scoperti. Spostò avanti un ginocchio, fece forza sulla gamba e si sollevò in piedi.

"Si sta alzando!", gridò eccitata una donna che aveva scommesso una bella cifra sul suo avversario.

Il gigante nero si voltò di scatto. Nino era in piedi di fronte a lui, con la guardia abbassata e le braccia lungo il corpo, immobile. Per un lungo attimo in cui il tempo parve fermarsi le due fiere si scrutarono. L'energumeno prese l'iniziativa: si preparò a scaraventare il tavolo contro il suo rivale, ma non fu abbastanza veloce.

Nino lo colpì ai fianchi con una sequenza di pugni precisi come la pallottola di un cecchino, costringendolo a mollare la presa. Il tavolo di ferro tuonò cadendo in mezzo all'arena. Nino afferrò con entrambe le mani il collo del moro e lo tirò con forza verso il suo ginocchio, saltando verso l'alto. Sentì la rotula frantumare i denti del suo avversario, che indietreggiò stordito. Un'ultima pompata di adrenalina lo aiutò a trovare le risorse necessarie per corrergli contro e atterrarlo con una spallata.

Il gigante nero cadde in mezzo alla gente, schiantandosi sui tavoli della prima fila. Nino si avventò contro di lui e lo colpì al volto con una raffica di pugni. Il sangue che gli colava dalla ferita sul sopracciglio si mischiò con quello del suo avversario. Era un animale, un predatore libero da condizionamenti. Era puro istinto.

Il pubblico gridava le stesse parole che le sue orecchie avevano sentito pochi secondi prima, quando era a terra.

"Uccidilo!"

"Finiscilo!"

"Fallo a pezzi!"

Nino si bloccò con il pugno alzato. I suoi occhi videro un uomo. Un uomo che stava soffrendo. Un uomo che stava soffrendo per causa sua. In un attimo il suo istinto fu sopraffatto dalla ragione. Mollò la presa e si allontanò di scatto. Il suono della campana sancì la fine dell'incontro. Il suo avversario era finito. Il match era terminato.

La folla reagì fischiando e Nino si allontanò trascinandosi verso il cesso del locale, dove aveva lasciato i vestiti. "Andate affanculo!" grugnì. "Andate tutti affanculo!"

Stava per aprire la porta del bagno quando l'uomo in pelliccia che raccoglieva le scommesse durante l'incontro gli sbarrò la strada. "Non ti ho mai visto da queste parti... Abbiamo perso un sacco di soldi per colpa tua," disse facendo cenno a due buttafuori di avvicinarsi. "Però puoi essere ancora amico di Jimmy Ghoul".

Nino non proferì parola.

Osservò i due uomini della sicurezza che si avvicinavano con le pistole bene in vista, nella cinta dei pantaloni.

"Combatti per noi," disse l'uomo in pelliccia. "Sai muoverti bene sul ring e possiamo fare un bel po' di grana insieme".

"Ho già un lavoro", rispose Nino.

Gli occhi di Jimmy Ghoul si fecero sottili, come quelli di un rettile. "Non sempre si può scegliere il proprio lavoro," sussurrò con aria di sfida. "Nessuno rifiuta una mia offerta. So essere molto generoso".

Il sangue raggrumato sul volto del wrestler disegnava una maschera simile ad un teschio rosso. "Voglio solo andarmene", ringhiò cercando di avanzare verso il bagno. Uno dei due bodyguard lo afferrò per una spalla stringendo fino a fargli male.

"Ho amici che sono disposti a tutto per me," esclamò compiaciuto il padrone di casa.

Nino si voltò lentamente. "Io ho amici veri. E state per conoscerne una".

Una delle due guardie cadde a terra con un tonfo sordo, colpita al volto da un calcio volante. Sasha si proiettò in avanti e con il gomito centrò al volto l'altro gorilla, facendogli saltare gli incisivi. Mentre cadeva gli sfilò l'arma dalla cinta.

In un attimo Jimmy Ghoul si trovò con la canna di una pistola conficcata nella guancia, spinta così a fondo da impedirgli di parlare.

"Prendi la tua roba e andiamo," disse la donna, "credo che abbiano capito che non sei interessato a questo impiego".

* * * * *

Le luci verdi del "Green Building" violentavano la notte. Il cielo era ancora coperto, ma aveva smesso di piovere. Nino stava seduto con le gambe nel vuoto, a 280 metri da terra, sul tetto del "Bank of American Plaza", l'edificio più alto di Dallas.

"Come diavolo hai fatto ad eludere la sorveglianza e a disattivare le telecamere," domandò il wrestler svitando il tappo di una bottiglia di birra.

"È una storia lunga," tagliò corto Sasha. "Diciamo che avevo le chiavi".

La donna si sedette insieme all'amico nell'unico punto rimasto asciutto dopo l'acquazzone e condivise con lui un sorso di birra.

"Cosa sta succedendo, Nino? Vuoi spiegarmi cosa ti ha spinto a rischiare la vita al Mocambo?"

L'uomo non rispose. Osservava la città dall'alto, le luci dei palazzi, le strade parallele e perpendicolari che s'incrociavano, l'orizzonte che si faceva via via più confuso.

"Hai tutto ciò che desideri," continuò la donna. "Sei ricco sfondato. La gente ti adora. I bambini fanno a botte per un tuo autografo. Hai avuto mille donne. Lyn ti avrebbe sposato. Amber voleva dei figli... Ancora non ho capito perché hai lasciato quella francese, come si chiamava? Monique? Era anche un portento a letto, mi dicevi"

Nino si limitò a guardarla e a sorridere. "La vita è un casino, sai? Mi dispiace averti coinvolto".

"Non ti starai rammollendo, vero?" scherzò Sasha.

"Quando mi guardo allo specchio, la mattina, vedo la faccia di un uomo che non conosco. Il tempo corre troppo rapidamente. Mentre il mio corpo cerca di dirmi che sto invecchiando, il mio spirito è inquieto come quello di un bambino. Mi sento prigioniero di un ruolo".

"Heartbreak Smasher è il tuo lavoro," commentò la donna. "È la tua macchina da soldi".

Nino annuì. Ai piedi del grattacielo sfrecciò un'ambulanza, trascinandosi dietro l'eco delle sirene. Poi fu di nuovo silenzio.

"Io sono un lottatore, Sasha. Ho sempre preso il toro per le corna. Ho incassato i miei pugni e tanti ne ho dati indietro". Ingoiò l'ultimo sorso di birra e si asciugò la bocca. Non riusciva a togliersi dalla bocca il sapore del sangue. "Mi sono divertito molto... tu lo sai bene, abbiamo sbriciolato un patrimonio insieme". Le afferrò una mano e la guardò negli occhi. "Cosa non ha funzionato tra noi?"

Sasha sorrise. "Siamo spiriti liberi. Non eravamo fatti per condividere una staccionata bianca".

"Eravamo giovani. E stupidi... e tu volevi dei bambini".

"...e un cane. Comunque stupidi lo siamo ancora. Ti sei fatto massacrare da un gigante e io ho fatto pisciare nelle mutande Jimmy Ghoul, che prima o poi ce la farà pagare".

"Sasha... io non ho mai smesso un solo istante di amarti", disse Nino alzandosi in piedi.

"Lo so", rispose lei senza voltarsi. "Ora andiamo, però, prima che cambi il turno delle guardie giurate".

* * * * *

Un bagliore cobalto illuminava la suite del W Dallas Victory Hotel, all'ultimo piano di un palazzo che dominava i quartieri alti della città. Sulle ampie vetrate che occupavano la parete più lunga e buona parte del soffitto la pioggia disegnava rigagnoli dai movimenti ipnotici. Nino aveva scelto di vivere lì, in un albergo, perché gli piaceva l'idea di non essere solo. Un formicaio di sconosciuti gli brulicava intorno, giorno e notte, e questo lo faceva sentire in pace con il mondo. Aveva imparato subito ad apprezzare il suono della pioggia e i suoi rumori infiniti in quella gabbia di vetro e cemento che chiamava casa. Lo mandava in estasi il fatto che ogni superfice colpita dalle gocce rispondesse con un suono diverso, con una musica appropriata. I vetri, i giunti metallici, le grondaie, la piscina sulla terrazza, la tela degli ombrelloni, il legno sui pavimenti esterni, i tavolini di marmo... il palazzo suonava ad ogni temporale come la glassarmonica di Benjamin Franklin. Nino allungò la mano verso il comodino e prese la bottiglia di olio di cocco aromatizzato al patchouli: se ne versò sulle mani una dose abbondante e iniziò a carezzare la schiena di Sasha. Le sue mani erano forti ed irradiavano calore. Con i pollici premette alla base dei muscoli dorsali, scivolando lentamente dal coccige fino alle scapole, vibrando lungo la colonna vertebrale. Quando arrivò alle spalle iniziò ad esercitare una maggiore pressione, indugiando delicatamente sui tendini del collo e risalendo lungo la nuca, tra i capelli.

I palmi delle sue mani scesero di nuovo, con calma, avvolgendo tutta la schiena in un movimento continuo e circolare.

Nello stereo suonava "Shine on you crazy diamond" dei Pink Floyd. David Gilmour faceva vibrare le corde della sua chitarra come in un amplesso che esplode ad ondate e via via si spegne.

Nino versò altro olio sulle gambe di Sasha ed iniziò a massaggiarle con vigore. Sostò sui muscoli vasti, premette con forza sui quadricipiti e slittò sulle gambe fino ad afferrare i piedi. Si dedicò con pazienza ad ogni dito, mentre con il palmo della mano esercitava una pressione costante sulla pianta del piede.

I loro corpi stavano comunicando con parole che nessuna lingua era mai riuscita a codificare. Le mani che scivolavano sulle gambe, risalendo dai piedi fino alle cosce, riassumevano tutti i pensieri che Nino non era mai arrivato ad esprimere. Ogni lieve sussulto, ogni impercettibile tremito del corpo della donna, erano la risposta a tutte le sue domande esistenziali. Con un movimento ininterrotto delle mani arrivò a lambire i muscoli adduttori dell'interno coscia e a manipolare i glutei.

Abbandonato alla trance del massaggio, aveva fuso le sue mani con la pelle di Sasha. Realizzò che la sua mente aveva memorizzato ogni centimetro del suo corpo quando, molti anni prima, erano stati intimi. Le sue dita sapevano come muoversi, dove insinuarsi. Esisteva una mappa dei fremiti e dei sussulti che ad ogni istante si faceva più chiara, emergendo dalla nebbia dei ricordi. Fu come tornare alla vita. Mentre avvertiva il sapore salato delle lacrime che gli scorrevano sulle guance, si sentì pienamente felice.

* * * * *

Due giorni dopo il sole era tornato a splendere alto nel cielo. La torrida estate texana aveva spazzato via ogni traccia del temporale, asciugando le strade e i palazzi.

Insetti dal colletto bianco entravano e uscivano da banche e uffici. I bar erano pieni di gente che muoveva le mascelle e ingurgitava caffeina. In strada i taxi erano tornati al potere.

Il concierge del W Dallas Victory Hotel aveva finito il turno e stava leggendo il giornale, accarezzandosi i lunghi baffi corvini. Era curioso di leggere come il "Dallas Morning News" avesse trattato la notizia della sparatoria avvenuta il giorno prima, proprio sotto i suoi occhi. Saltò le pagine dedicate alla politica statunitense e alle guerre sparse in giro per il mondo, e si fermò sulla cronaca locale.

Vide la foto dell'atrio dell'albergo, con le auto della polizia, le telecamere della tv e la folla di curiosi. Lesse il titolo che stava cercando e rimase leggermente deluso. I giornalisti avevano liquidato la notizia con una certa freddezza.

"...secondo le testimonianza," lesse, "due uomini a bordo di una moto hanno affiancato la vittima mentre usciva dal W Dallas Victory Hotel, aprendo il fuoco. Almeno sei i colpi di pistola esplosi a distanza ravvicinata contro la star del wrestling Heartbreak Smasher. Due proiettili lo hanno raggiunto alla testa e ucciso. Inutili i soccorsi: per lui non c'era più niente da fare. Sul posto sono intervenuti gli agenti della Polizia di Dallas e una squadra dell'FBI. Dalle modalità dell'esecuzione l'ipotesi più accreditata sembra essere quella di un regolamento di conti maturato in ambienti legati alla criminalità organizzata".

Il concierge si tolse il suo Stetson marrone per asciugarsi la fronte dal sudore. Era dispiaciuto per la morte di quel tipo. Taciturno, ma generoso con lo staff dell'albergo... e solito a lasciare grosse mance.

Ai piedi della pagina c'era un'altra notizia di cronaca nera. Un trafiletto raccontava la storia di un altro omicidio.

"I killer della malavita organizzata tornano a sparare a Dallas per colpire James Rodriguez, meglio conosciuto come Jimmy Ghoul, 47 anni, freddato da 2 colpi di pistola mentre si stava recando al lavoro. L'uomo era stato arrestato nel 2008 nell'ambito di un'inchiesta legata alla mafia colombiana che gestisce il racket delle scommesse sportive clandestine, ma era stato assolto nel gennaio 2011. La polizia sembra essere sulle tracce di una donna che alcuni testimoni hanno dichiarato di avere visto allontanarsi dalla scena del crimine".

IL DILEMMA DEL TOPO

"Posso fumare, dottoressa?" domandò Lord Oliver Cromwell alla psicologa, estraendo una sigaretta dal suo astuccio d'argento. Lei annuì, così la accese con un fiammifero e tornò a sdraiarsi sulla poltrona in pelle nera sprofondata nella penombra del suo studio legale, al secondo piano di una palazzina in Glasshouse street. La luce soffusa di una lampada da tavolo in vetro colorato proiettava ombre suggestive sulle pareti foderate di libri antichi. Lord Cromwell sedeva tenendo le gambe incrociate con raffinatezza. Era un avvocato di grande fama e quel giorno indossava un completo sartoriale blu scuro su una camicia bianca, con una cravatta a righe perfettamente annodata e un paio di scarpe artigianali in pelle verniciata. I suoi capelli grigi, impeccabilmente pettinati all'indietro, conferivano un'aria di autorevolezza al suo volto segnato dal tempo. Inspirò una profonda boccata di fumo e ricominciò a parlare.

"Presti attenzione, dottoressa. Su un grande tavolo nero si trovano tre scatole, tutte esattamente identiche. Ognuna di queste scatole è stata chiusa con il medesimo meccanismo a scatto. Su ciascuno dei pulsanti che determinano l'apertura dei coperchi è posizionato un pezzo di formaggio".

L'avvocato soffiò un anello di fumo prima di continuare. "Dall'altro lato del tavolo c'è una piccola gabbia con all'interno un topo bianco, chiusa con una serratura ad orologeria. Alle 13 in punto, ora inglese, il lucchetto a tempo si aprirà liberando il roditore che, spinto dalla fame, verrà attirato dal suo cibo preferito. Guidato dalla vista, dall'olfatto o semplicemente dal suo istinto, il topo deciderà liberamente quale boccone mangiare per primo, attivando il meccanismo e determinando l'apertura di una delle tre scatole".

"Un progetto molto macchinoso," commentò la dottoressa Golden.

"Le confesso che ho trovato ispirazione in vecchio telefilm con un ridicolo americano che combatteva il crimine indossando una maschera, un pigiama e un mantello," rispose il paziente. "Non è del tutto farina del mio sacco, mi duole ammetterlo".

"Continui, Lord Cromwell, cosa contengono le tre scatole?"

"La prima scatola contiene un mazzo di chiavi. Sono quelle della mia dimora a Leicester square, dove troverei ad attendermi il mio cane, il mio pianoforte e tutta la mia collezione di libri antichi.

La seconda scatola ha un contenuto decisamente più intrigante: un ramoscello di ambrosia, una camelia e una lettera".

Il fumo avvolgeva l'avvocato come i segreti celati tra le sue parole, salendo dalla sigaretta fino a perdersi nell'oscurità. "L'ultima scatola, naturalmente, contiene esplosivo. Una discreta quantità di ciclotrimetilentrinitroammina con un innesco pronto a farla detonare all'apertura del coperchio".

La dottoressa Golden non si scompose. "Lord Cromwell, cosa la tormenta così profondamente? Che significato attribuisce al sogno che mi sta raccontando?"

L'uomo si sollevò dal divano e la fissò negli occhi. "Non è un sogno, dottoressa. Le tre scatole sono nella stanza di fianco e il mio orologio segna le 12:48".

* * * * *

In strada due ragazzi si stavano baciando sotto la statua di Eros a Piccadilly Circus. Lui era alto e un po' goffo. Portava uno zaino Invicta sulle spalle e indossava un paio di Superga bianche. Sfoggiava con discrezione un sorriso sincero. Lei era più giovane, ma sembrava conducesse il gioco. Aveva la gioia di vivere negli occhi. Il suo abitino provenzale le copriva appena le gambe, ma teneva un maglione blu legato in vita, araldo di quella innocente timidezza che si sforzava di nascondere.

Le loro mani si muovevano a velocità differenti. Sicure e sensuali quelle di lei. Impacciate, ma rassicuranti quelle di lui. I loro cuori battevano all'unisono.

Di lì a poco il cielo cominciò a riempirsi di nuvole e, come spesso accade a Londra, iniziò a piovere.

* * * * *

"Ammesso che quello che mi sta raccontando sia vero," domandò la dottoressa Golden rimanendo impassibile, "perché lasciare la scelta al caso?"

La pioggia di Londra è una sorta di balletto che il cielo esegue insieme alla città, una sinfonia di gocce d'acqua che cadono con grazia sui tetti, sulle strade, sui vetri delle case, come perle trasparenti. Anche quel giorno il cielo stava pianificando ogni goccia con cura.

"I dilemmi mi bloccano", rispose Oliver Cromwell. "Non so prendere decisioni importanti. Vorrei farlo, ma proprio non ci riesco. Se ne fossi capace non continuerei a spendere 100 sterline a settimana per accoglierla nel mio studio e raccontarle i miei pensieri, non trova?"

"E le sta bene che sia un topo a decidere della sua vita al posto suo?"

"Perché no? I roditori sono bestie intelligenti che si dice sopravvivrebbero persino all'olocausto nucleare. Faremmo meglio ad affiancare ai nostri ministri qualche topo, o ad eleggere in parlamento un po' di scarafaggi per sperare di scongiurare il prossimo conflitto mondiale. Siamo in piena guerra fredda, non li legge i giornali? America e Russia si spartiscono il mondo e noi britannici siamo nell'occhio del ciclone a fare da bersaglio".

"Torniamo alle tre scatole," lo interruppe la psicologa. "Cosa accadrebbe se il fato scegliesse il mazzo di chiavi?"

"Tornerei a casa e mi dimenticherei una volta per tutte di... della persona per cui provo questo devastante struggimento. Ci metterei una pietra sopra. Per sempre".

"Nel caso dei fiori e della lettera, immagino che farebbe il contrario".

"Esatto. Metterei in discussione tutta la mia vita, tutti i miei principi. Mi lascerei alle spalle tutto quanto e andrei a prendere questa persona, costi quel che costi".

"E se il topo innescasse l'esplosione?"

Lord Oliver Cromwell sorrise. "Sarebbe una liberazione. Comunque sono le 13:00, il topo è libero".

* * * * *

La ragazza trascinò il suo fidanzato nell'androne di un palazzo. Erano in vacanza, lontani mille miglia da casa. Soli.

Sopra la loro testa lampeggiava l'insegna di un club per soli uomini, il Mocambo. Lui vide la locandina che pubblicizzava lo spettacolo di mezzanotte e arrossì. Lei si voltò, lesse ad alta voce il nome della star che si sarebbe esibita sul palco e rise di gusto. Era un nome molto volgare e lei si divertiva un mondo a scandalizzarlo. Istintivamente si passò una mano tra i capelli, fissandolo. Il ragazzo annegò nei suoi occhi, sopraffatto da tanta bellezza. Poi prese coraggio e la baciò di nuovo, spingendola contro il muro.

* * * * *

"Sembra che il suo topo se la stia prendendo comoda," disse la psicologa prendendo appunti sul suo taccuino.

"È solo questione di tempo," rispose annoiato il signor Oliver.

"Le dirò che non mi sono mai sentito così leggero. Così libero. Così innocente".

"Per cosa si sente in colpa, Lord Cromwell?" chiese la dottoressa Golden.

"Per un'infinità di cose, non saprei da dove cominciare. Ho vissuto la vita che altri hanno scelto per me. Una vita di convenzioni. Essere felici non si addice ad un uomo nella mia posizione". Il peso di quell'ultima frase lo costrinse a deglutire e a prendere fiato. Spostò il discorso su un binario differente. "Sono stato un pessimo imprenditore. Ho avuto un milione di idee e non sono riuscito a concretizzarle. Passavo da una visione all'altra senza mai arrivare fino in fondo".

"Non si direbbe, lei è un avvocato di successo".

"Ho messo da parte un po' di soldi, grazie alla mia noiosa professione. Quanto alle mie brillanti idee, quelle che avrei voluto realizzare... sono passato da un fuoco di paglia all'altro".

"Continui, la prego".

"Posso portarle altri esempi. Ho iniziato a suonare il pianoforte, ma lo studio richiedeva ore di pratica e tanta, troppa pazienza. Le sembro un tipo paziente, dottoressa? Ho scritto racconti, poesie, persino un romanzo storico ambientato in Tunisia, ma nulla di ciò che è uscito dalla mia penna poteva reggere il confronto con i numerosi libri che ho letto".

"Mi è capitato per le mani qualcuno dei suoi racconti brevi," commentò la psicologa. "Mi sembravano ben scritti".

"Mediocri, banali, noiosi. Tanti giri di parole per cercare di assassinare la mia coscienza e non arrivare a nulla".

"C'è chi non si è mai cimentato nella lettura o nella scrittura. Tantomeno nello studio di uno strumento musicale. La maggior parte delle persone non ha mai provato a realizzare un'idea e il fallimento è parte integrante dell'intraprendenza".

"Questo non mi consola. Sono solito raffrontarmi con chi è più talentuoso di me, sperando di imparare qualcosa... Vuole che le parli della mia fugace passione per la ceramica raku? Degli allevamenti di cani per la caccia alla volpe? O dello studio della lingua francese per meglio comprendere le sfumature di dolore nelle rime dei poeti maledetti?"

La dottoressa Golden smise di scrivere e cambiò tono di voce, cercando di risultare più amichevole possibile. Si tolse gli occhiali e domandò: "Per cosa si sente in colpa, realmente?"

"Perché desidero con tutte le mie forze una cosa che non è lecito desiderare. Non mi è concesso... E ancora di più per non avere il coraggio di rinunciare a tutto, lottare fino alla morte per realizzare questo desidero e concedermi il lusso di essere felice".

* * * * *

Fuori pioveva a dirotto. Nell'androne del Mocambo i due ragazzi si erano seduti contro una vecchia porta di servizio di legno giallo sulla quale erano state incollate decine di locandine che pubblicizzavano i concerti di band emergenti. Al The Marquee Club quella sera avrebbero suonato i Samson e qualche giorno dopo gli Angelwitch. I soldi non bastavano per entrambi i concerti. Mentre fantasticavano sulla scena musicale britannica, lui la teneva in braccio cercando di ripararla dal freddo. Si vedeva lontano un miglio che era in una posizione davvero scomoda: semisdraiato, appoggiato con tutto il peso sull'osso sacro, teneva il collo piegato di lato in modo innaturale.

Eppure il suo sorriso tradiva una felicità assoluta. Lei era comoda e al sicuro tra le sue braccia e lui si sentiva leggero come l'aria. Avrebbe ricordato il profumo dei suoi capelli per tutta la vita.

* * * * *

"Sono le 13:15," disse la dottoressa Golden. "Quanto a lungo deve durare questo sogno ad occhi aperti?"

"Le ho già spiegato che non si tratta di un sogno," rispose il paziente, alzandosi in piedi. "Venga con me. La porterò nella stanza a fianco dove potrà vedere il congegno con i suoi occhi; è probabile che l'esplosione sia stata scongiurata. Il topo avrà scelto un'altra scatola".

"Sembra deluso," notò la psicologa, non mancando di annotare la cosa sul suo taccuino.

"A questo punto sono ansioso di scoprire cosa ne sarà di me. Sono davvero stremato".

"Se davvero esiste questo congegno al di là della porta, forse potrebbe ancora fermarlo. E questo le consentirebbe di prendere da solo la sua decisione".

"La verità, dottoressa, è che ho sempre finto si trattasse di una mia scelta. Certe decisioni si prendono in due. E non ho la più pallida idea di cosa accadrebbe se io prendessi in mano la situazione con lu... con questa persona. Il dilemma morale è solo nella mia testa. Il desiderio che non è lecito bramare, forse non esiste neppure. È pura fantasia. Un modo per torturarmi. È un altro dei motivi per cui spendo volentieri 100 sterline a settimana. Nel linguaggio dei fiori l'ambrosia significa amore corrisposto, lo sapeva? Mentre la camelia rappresenta il sacrificio. Il supremo sacrificio d'amore".

"Di chi stiamo parlando Lord Cromwell? Si tratta forse un uomo? Vuole finalmente togliersi questo peso dalla coscienza?"

L'avvocato aprì la porta della stanza di fianco. "No. Francamente non mi va. Ora vorrei che lei se ne andasse dal mio studio, dottoressa. Esca di corsa da questo salone e scenda velocemente in strada. Non perda tempo. Lo faccia subito, prima che sia troppo tardi. Ho un brutto presentimento".

* * * * *

L'esplosione mandò in mille pezzi l'insegna pubblicitaria della Coca-Cola a Piccadilly Circus.

Il ragazzo con le Superga bianche, quando udì lo scoppio, reagì d'istinto. Fece scudo con il suo corpo alla fidanzata e fu colpito in testa da alcuni calcinacci. Rimediò un bel taglio e un lieve trauma cranico, ma continuò a sorridere anche mentre i paramedici lo caricavano sull'ambulanza. Per tutta la vita aveva sognato di compiere un gesto eroico davanti agli occhi della ragazza di cui era stato innamorato. Ora lei gli teneva stretta la mano e lui non avrebbe potuto desiderare ricompensa più grande.

La vita e l'amore - pensò - sono una cosa meravigliosa.

AVANA

In fondo a Calle Santiago, nella città vecchia, c'è una piccola porta di legno gialla che si dice risalga ai tempi della dominazione spagnola. Incastrata tra due colonne di marmo italiano, al centro della facciata di una casa in pietra semi diroccata, questa porta pare non sia mai stata aperta.

Alla sua destra in tempi più recenti è stata realizzata una seconda porta, più grande e moderna, che consente l'accesso ad uno dei bar più caratteristici dell'Avana: il Mocambo. Luogo d'incontro per politici e uomini d'affari, zona neutra per spie internazionali, si racconta che sia servito ai ribelli comunisti come base segreta prima di rovesciare la presidenza di Fulgencio Batista.

Dietro al bancone Camilo Jayawardene, un ex rivoluzionario che aveva combattuto al fianco di Fidel Castro, serviva i peggiori cocktail dell'isola grande e impiegava un tempo irragionevole per prepararli. "Le ore scorrono più lentamente a Cuba," spiegava ai pochi che osavano lamentarsi. Aveva perso un occhio durante un conflitto a fuoco e sfoggiava con orgoglio una benda di cuoio nera, quasi incastonata nella sua testa pelata. Non aveva alcuna fretta di lasciare il suo lavoro, nonostante avesse da poco spento 88 candeline. "Tra altri 88 anni vedremo di pensare alla successione," ironizzava con gli avventori. "Io non ho un fratello di nome Raùl a cui lasciare in mano le chiavi della baracca".

Il bar era buio e pieno di fumo e sul soffitto una vecchia pala ruotava pigramente, adeguandosi al ritmo del gestore.

Quel pomeriggio c'era solo un uomo al bancone, un giovane soldato in licenza. Indossava una divisa verde stropicciata e non si radeva da giorni. Alto, spalle forti, aveva la pelle scura e i suoi occhi neri erano più sinceri delle sue parole. "Non si possono amare due donne contemporaneamente, Señor Camilo," disse sorseggiando il suo mojito. "Devo trovare il coraggio e prendere una decisione".

Il barista alitò in un bicchiere appannando il vetro. Poi infilò prepotentemente al suo interno uno straccio (che doveva avere più o meno la sua età) e iniziò a sfregare. "Certo che si possono amare due donne allo stesso modo," sentenziò mentre prendeva un altro bicchiere dal lavandino. "Anche tre se hai un briciolo di palle e molta fortuna".

Il soldato si chiamava Marcelo Fuente. Aveva 22 anni ed era sposato con una mulatta di Santa Clara da 4 anni. Una donna bellissima, a giudicare dalla foto che era sul bancone vicino al mojito. Una cascata di riccioli neri le copriva le spalle e il suo sorriso era quello di una ragazza felice e innamorata.

"Maria aspetta un bambino," sussurrò. "Mio figlio".

"Questo complica le cose," commentò il vecchio. "Ma resta il fatto che non c'è un limite alla quantità di sentimenti che un uomo possa provare".

"Mi dovrò prendere cura di lui, come deve fare un buon padre".

"Questo senza alcun dubbio".

"E dovrò smettere di vedere Alicia", sussurrò il giovane.

In quel momento la porta del Mocambo si aprì. Entrò un uomo sulla quarantina, che indossava un paio di jeans, scarpe americane e una maglietta sgualcita. Fece un cenno di saluto con la mano e s'infilò in bagno.

Camilo Jayawardene scrollò il capo e si avvicinò al ragazzo. "Quello è Junius Torrado, un vero esperto in questioni di cuore. È un poeta e scrive canzoni struggenti. Ma è anche un gran figlio di puttana. Vende informazioni ai russi, anche se al giorno d'oggi i russi se ne fottono di Cuba e di quello che accade da queste parti".

Annunciato dallo sciacquone del cesso, l'artista uscì dal bagno e si avvicinò al bancone. "È pronto il daiquiri che ho ordinato ieri, Camilo?" chiese sedendosi sullo sgabello più vicino al soldato.

"Le cose buone richiedono tempo," rispose il barista preparando il bicchiere. Poi si accese usa sigaretta e si dimenticò dell'ordinazione.

Marcelo prese la foto di sua moglie e la ripose nel portafogli.

"Gran bella donna," esclamò Junius Torrado. "Sei un ragazzo fortunato".

"Fin troppo," commentò il barista.

"Capisco," rispose il poeta. "I giovani vorrebbero essere fedeli, ma non ci riescono. I vecchi vorrebbero essere infedeli, ma non ci riescono. È la vita. Fortuna che io sono nel mezzo e me ne sbatto allegramente".

"Lascialo in pace," grugnì Camilo. "Tu non hai una morale".

"Non più, da quando la mia prima moglie se n'è andata con il mio migliore amico. Da allora rimpiango ogni sera le belle bevute con lui; mentre di lei ricordo a malapena il nome".

Il giovane soldato sorrise. "Questa è buona. E comunque io non voglio fare del male a nessuno. Devo tornare da mia moglie e... avere una famiglia a posto".

"L'altra com'è?" chiese Junius con un sorrisetto ironico.

"Quando la vedo non riesco più a ragionare", rispose il ragazzo. "Si chiama Alicia, l'ho conosciuta qui all'Avana. Abbiamo ballato insieme al carnevale. Qui a Cuba si fa sesso con la stessa leggerezza con cui si gioca a scacchi, ma io ho sempre pensato di essere differente... di avere dei valori. Non so davvero cosa mi sia successo".

"I valori!" lo interruppe Junius. "La tua coscienza ti prende a cazzotti? Lo sai che il senso di colpa è il peggior nemico di un uomo? Ogni persona nasce con un destino scritto nelle stelle, e s'ingegna quotidianamente cercando di tradire questo destino".

"Te l'avevo detto che era un poeta," lo schernì Camilo iniziando a preparare gli ingredienti per il daiquiri.

La radio trasmetteva musica di cantautori spagnoli. I tre restarono per qualche minuto in silenzio, senza sapere che il momento di quiete avrebbe preceduto una vera e propria tempesta.

L'uragano fu annunciato da alcuni schiamazzi in strada. Due donne si stavano insultando e le loro grida si facevano ogni secondo più intense. Marcelo si alzò d'istinto per andare a vedere, ma prima che potesse raggiungere la porta, questa si spalancò andando a sbattere con violenza contro il muro.

"Alicia... Maria..." balbettò il soldato vedendo la moglie e l'amante sulla soglia.

"*Me cago en la puta*", esclamò il vecchio Camilo eccitato dalla situazione. "Con tutto il rispetto per le signore, s'intende".

Le due donne si avventarono sul ragazzo come iene affamate sul corpo di un animale ferito a morte. Una lo prese per i capelli e lo schiaffeggiò ripetutamente, mentre l'altra gli rifilava calci nelle gambe ad un ritmo crescente. Il giovane provò invano a divincolarsi, poi smise di opporsi al martirio.

Quando la furia iniziò a placarsi (di pari passo con il divertimento) Junius si alzò dallo sgabello e andò a tranquillizzare le donne.

"Suvvia signore, ne ha prese a sufficienza", disse con voce ferma. "Qui serve un po' di alcol per sistemare la questione".

Camilo obbedì e per una volta fu solerte nel versare un po' di rum nei due bicchieri più puliti della sua credenza.

"Io non posso bere," disse la moglie di Marcelo. "Quel *grandisimo hijo de la gran puta* di mio marito mi ha messo incinta mentre se la faceva con questa qua. E ora non posso nemmeno avvicinarmi alla bottiglia, se non per fracassarla sulla sua testa come meriterebbe".

Junius sogghignò. La donna era ancora più bella che nella foto, e per lui non c'era al mondo nulla di più sexy di una femmina infuriata. Aveva occhi da lupa, scuri come i suoi folti capelli corvini. Dirottò la sua attenzione sull'amante del soldato, la giovanissima Alicia Arenas, che non aveva l'aspetto della tipica cubana. Il suo sedere, parametro essenziale su cui il poeta basava ogni scelta in fatto di donne, era alto e tondo. Era stretto all'interno di shorts in jeans che mettevano in evidenza una coppia di gambe lunghe ed affusolate. La rissa le aveva spettinato i capelli biondi e i suoi occhi verdi erano di un colore del tutto insolito che tendeva al giallo.

Maria Heredia si voltò verso il marito. "Ora mi devi guardare in faccia," tuonò. "E devi dire a tuo figlio, qui nel mio grembo, che ti diverti con le ragazzine e che non hai tempo per farti una famiglia come si deve".

"Io..." provò a balbettare il ragazzo. Poi abbassò lo sguardo e si sedette su una seggiola di legno che si trovava a pochi passi dalla porta d'ingresso.

"Vedete," continuò la donna rivolgendosi al barista e al suo avventore, "non ha nemmeno il coraggio di rispondere. Che uomo è?"

"Un uomo innamorato di due donne," rispose prontamente Camilo, quasi senza pensarci.

"Succede nella vita," continuò Junius, "non siete le prime né le ultime donne a rimanere vittima dell'amore. Io se fossi in voi non me la prenderei più di tanto".

Alicia iniziò a piangere silenziosamente. Non aveva ancora aperto bocca dopo essere entrata nel locale, e fissava Marcelo con occhi che avrebbero spezzato il cuore a un uomo di ferro.

Junius continuò a filosofeggiare. "La verità è che questo ragazzo è completamente innocente. Noi esseri umani siamo nati per perdere il controllo. Lo dice la scienza. Quando ci innamoriamo - e non lo facciamo certo intenzionalmente - si scatena nel cervello una tempesta biochimica. Va tutto in tilt. L'innamorarsi crea dipendenza. Si desidera così tanto stare insieme alla persona che scatena questa passione da volerne sempre di più. È come una droga, e si rischia l'overdose. L'amore ci inebria, ci rende meravigliosamente felici e dipendenti. Quando siamo in compagnia della persona che desideriamo siamo al settimo cielo. Quando ci troviamo distanti ci viene da piangere e soffriamo. Poi di nuovo torniamo ebbri ed eccitati all'incontro successivo. Come si può colpevolizzare l'amore?"

"Io mi sento esattamente così," sussurrò Alicia singhiozzando. Poi si avvicinò timidamente al bancone, si sedette vicino al poeta e ingoiò tutto il bicchiere di rum in un colpo solo. "Ne vorrei un altro, per favore".

Maria era furibonda. La rabbia le stava annebbiando i pensieri e nella sua testa si stavano proiettando diversi film relativi ai possibili scenari futuri. Ad un tratto si avvicinò a Marcelo e gli puntò contro un dito, come fosse la canna di un'arma da fuoco. "Sii uomo, Marcelo, fai la tua scelta e pagane il prezzo".

"Io scelgo te e il nostro bambino," disse il soldato con un filo di voce. La parola *bambino* suonò con un timbro diverso alle orecchie della moglie, che in un attimo si fece rossa in volto.

"E no, troppo comodo!" esclamò travolta dalla rabbia. "Stai facendoti scudo con il bambino, brutto vigliacco!". Poi si voltò verso gli altri e scrollò la testa in modo teatrale. "Io non ho bisogno di un uomo che stia con me solo perché è in arrivo un figlio".

Alicia aveva smesso di piangere e, dopo le parole di Marcelo, si era quasi tranquillizzata. Ingoiò il secondo bicchiere di alcol e disse: "Anch'io desidero conoscere la verità. Se non fosse arrivato il bambino chi avresti scelto tra me e tua moglie?"

"Non lo so, dannazione!" gridò disperato il ragazzo. "Non lo so davvero, non vi sto ingannando. Ho già mentito abbastanza... non ho più la forza di farlo".

Camilo si sentì in dovere di intervenire. "Il ragazzo è sincero. Può prendere una decisione con la testa. Ma tra voi due il suo cuore non vorrebbe dover scegliere".

"C'è sempre una scelta da fare, ma ogni scelta comporta una rinuncia," commentò Junius, "persino la rinuncia alla scelta... è una scelta".

La radio stava trasmettendo un brano di Antonio de la Cuesta, meglio noto come *Tonino Carotone*. Come spesso accade quando c'è di mezzo l'amore, tutti trovarono nelle parole del cantautore un legame con ciò che stava accadendo in quell'istante. "*Non posso convincere il mio cuore,*" cantava Carotone, "*se io non ho dubbi e sono convinto che lui abbia ragione. Non ucciderò questo sentimento, io la amo e la desidero anche se mi causa dolore. Io non voglio soffrire, tuttavia sono qui. E sto soffrendo e non me ne pento... me ne fotto dell'amore*".

Alicia si fece versare un terzo rum. "Non vedo un possibile lieto fine," disse dopo avere vuotato il bicchiere. Poi si avvicinò a Marcelo e lo osservò con tenerezza. "L'unica cosa che posso fare è liberarti dal peso di questa scelta. Me ne vado convinta di amarti. Me ne vado convinta di essere amata". Poi, senza dare il tempo al soldato di intervenire, infilò la porta e uscì in strada.

"*Perché dovrei credere nell'amore,*" cantava la radio, "*se mi tradisce e mi abbandona quando sto al meglio?*"

Marcelo rimase immobile, seguendola con lo sguardo.

"Lasci andare così quella poveretta?", domandò la moglie quasi fosse delusa. Attese inutilmente una risposta o almeno una minima reazione. Poi sbuffò e uscì dal locale rincorrendo la sua rivale. Marcelo scoppiò finalmente a piangere. Singhiozzava come un bambino nascondendosi la faccia con le mani. Seduto su una vecchia sedia malconcia, con la divisa stropicciata e sul corpo i segni delle percosse, ricordava un'acquaforte di Francisco De Goya.

A Camilo, un ex rivoluzionario di 88 anni, non piaceva veder piangere gli uomini. Aveva versato una sola lacrima in tutta la sua vita, il 19 aprile del 1961, quando sotto il comando del *Líder máximo*, nella Baia dei Porci, aveva rispedito a casa gli esuli cubani e i mercenari della CIA a calci nel culo. Così si voltò dall'altra parte e alzò il volume della radio.

Il poeta Junius Torrado si alzò pigramente dallo sgabello. "Anche oggi non sono riuscito a bere il mio daiquiri, Señor Camilo", disse lanciando sul tavolo qualche peso cubano convertibile. "Questi sono per lo spettacolo. Qui al Mocambo non ci si annoia mai". Poi uscì dalla porta e se ne andò fischiettando.

HITODAMA

Hitodama de,

yuku kisani ya,

natsu no hara.

Nella mia lingua significa: "Anche se fantasma, me ne andrò per diletto, sui prati d'estate". È un *haiku* che scrisse pochi minuti prima di morire uno dei più celebri incisori del mio paese, il maestro Katsushika Hokusai, autore de "La grande onda di Kanagawa". Ho scoperto questa piccola poesia molti anni dopo la notte in cui persi la testa. Letteralmente, intendo.

In Giappone - agli inizi del diciassettesimo secolo - dopo il trionfo di Ieyasu Tokugawa nella battaglia di Sekigahara, nessuno ha più avuto il coraggio di opporsi al potere dello *shōgun*; nemmeno l'imperatore.

La dittatura militare della famiglia Tokugawa iniziò con un gesto che la storia non avrebbe dimenticato. 40.000 uomini valorosi, tra avversari sul campo e oppositori politici, furono decapitati. Tra questi c'ero anch'io: Konishi Yukinaga.

Sono morto il 6 novembre del 1600, di buon mattino, a Kyoto. Era un giorno luminoso, dal clima mite. Ricordo i raggi del sole che s'insinuavano tra le pieghe del mio kimono e il profumo delle mele elegantemente disposte sul carretto di un mercante, poco distante dal luogo delle pubbliche esecuzioni. È difficile credere che io conservi un così dolce ricordo di quelle mie ultime ore, ma vi garantisco che è la verità. I fantasmi non mentono.

Ho vissuto 45 anni intensi, senza rimorsi né rimpianti, sapendo che la vita di un samurai è costantemente appesa a un filo. La morte non mi ha mai fatto paura. La carezza del suo manto bianco mi ha tenuto compagnia sui campi di battaglia; inoltre, rispetto a tutti i guerrieri che potevano contare solo sugli insegnamenti del buddismo zen, io ho avuto un aiuto in più dal cielo.

All'età di 26 anni, infatti, ho scelto di farmi battezzare con il nome di Agostino. Sono stato l'unico samurai cattolico al servizio del generale Toyotomi Hideyoshi, l'eroe che ha unificato il Giappone.

In suo nome, nonostante non approvassi l'invasione giapponese della Corea, ho guidato un esercito alla conquista di Seul, Pusang e Pyongyang. L'ho servito con rispetto, contribuendo all'onore della sua casata. Lui non comprendeva le mie scelte in fatto di fede, ma aveva profondamente a cuore la mia anima.

Prima della nostra disfatta contro le armate dello shōgun Ieyasu Tokugawa, a Sekigahara, il cristianesimo si stava lentamente diffondendo in Giappone. Il suo messaggio di speranza aveva fatto breccia nelle caste più povere, soprattutto tra i conciatori di pelle e i contadini, per poi arrivare anche agli intellettuali, ai mercanti e ai guerrieri.

Tuttavia, dopo l'instaurazione della dittatura militare, si è assistito ad una vera e propria carneficina di cristiani. I missionari sono stati cacciati o uccisi, insieme a tutti gli stranieri e ai cani senza odore. Chiunque fosse sospettato di essere un seguace di Cristo doveva sottoporsi allo *yefumi*, calpestando il crocifisso o l'immagine della Vergine Maria per dimostrare la propria estraneità al culto cristiano e giurare fedeltà ai Tokugawa. Nella città di Nagasaki, nel distretto di Omura e nella provincia di Bungo, migliaia di persone si rifiutarono di calpestare le immagini sacre e furono rinchiuse in gabbie appese alle mura dei castelli per poi morire di fame e di sete, per la gioia dei corvi.

Sono stati i primi martiri giapponesi.

Nell'anno in cui sono stato ucciso, per mia fortuna, lo shōgun non aveva ancora iniziato a perseguitare i cristiani. Al contrario, i miei avversari sono stati estremamente premurosi con me il giorno dell'esecuzione. Mi hanno offerto la possibilità di fare *seppuku*, il suicidio rituale che ristabilisce l'onore del guerriero sconfitto sul campo di battaglia. Naturalmente sono stato costretto a declinare; la mia fede cattolica mi proibiva di togliermi la vita. Così sono rimasto a pregare fino al momento in cui la *katana* del boia mi ha staccato la testa dal corpo. Un taglio netto, rispettoso del mio rango. Eseguito con cortesia per evitare ad un nemico impavido inutili sofferenze.

La mia anima è salita al cielo immediatamente, ma poco prima di riuscire ad abbracciare quella luce accecante verso la quale era iniziata la sua ascesa, è stata richiamata sulla terra, nella città di Edo. Questo ha fatto di me uno *yūrei*, un fantasma ancorato al mondo dei vivi.

Per più di 200 anni ho vagato per le strade della città che in futuro avrebbe preso il nome di Tokyo senza trovare uno scopo. In questi due secoli il Giappone si è chiuso in sé stesso, rifiutando ogni contatto con le civiltà occidentali. Il tempo si è fermato, come sospeso in mezzo al cielo in una gigantesca lanterna di carta. Mentre questa città cresceva fino a contare più di un milione di abitanti, nel resto dell'arcipelago i distretti restavano ancorati alle più antiche tradizioni.

Il tempo è un concetto strano anche per un morto. Ho incontrato pochi altri fantasmi nel mio vagare, per cui immagino non sia comune ciò che è accaduto alla mia anima. Non ho accesso ai misteri dell'aldilà, ma sospetto di dover espiare le mie colpe prima di poter "passare oltre". Forse mi trovo in quel mondo che i missionari spagnoli chiamavano Purgatorio. Qualunque sia la verità, ora so che il mio destino è legato a quello di un uomo di nome Kinnosuke e a una giovane di nome Chieko.

Uno spirito con le sembianze di una colomba mi ha fatto visita la notte scorsa e mi ha rivelato che entrambi stanno per incontrare la morte. Non mi ha detto una parola di più e non ho idea di quale sia il mio compito. Lasciare che il loro destino si compia? Cercare di salvarli? Assecondare il volere di Dio? Sono alquanto confuso, ma so che le sorti della mia anima dipendono da come andrà a finire questa vicenda.

* * * * *

Tawaraya Chieko camminava in silenzio sotto la pioggia. Sulla testa portava un *kasa* a cono di paglia, tipico delle campagne intorno a Edo, e i suoi *geta* di legno producevano un suono armonico sui ciottoli bagnati, quasi una melodia. I suoi lunghi capelli neri erano raccolti in un'acconciatura semplice, chiusa da *kanzashi* ornamentali in guscio di tartaruga.

Dietro di lei, a trenta passi di distanza, due uomini con una spada legata sul fianco e un cappello da guerriero la stavano seguendo. A giudicare dal loro incedere incerto, dovevano avere trascorso parecchio tempo a bere *sakè* in una delle locande in periferia. Il più alto aveva un'orribile cicatrice che gli sfigurava il volto e portava la barba lunga, per cercare di mascherarla. Il suo compagno di bevute era tarchiato e robusto, marciava con un incedere effemminato, aveva la testa rasata e strani ricami floreali sul kimono.

La famiglia Tawaraya lavorava le terre che nutrivano una tra le più influenti famiglie vicine allo shōgun. Da quattro generazioni coltivava riso e frumento, ma anche ortaggi e alberi da frutta. Chieko era la più giovane di tre fratelli, e siccome il padre le aveva insegnato a leggere, scrivere e far di conto, veniva inviata periodicamente a Edo per informare i nobili che governavano le loro terre sullo stato dei campi e sulle previsioni in merito ai raccolti. Quel giorno avrebbe dovuto consegnare una lettera di suo padre al daimyō in persona, ma si trovava ancora molto distante dalla sua residenza, e i due uomini che la importunavano si stavano facendo pericolosamente vicini. Sapeva che nessuno, in quel quartiere periferico, si sarebbe messo contro due guerrieri per difendere una contadina. I samurai potevano decidere arbitrariamente della vita e della morte delle persone appartenenti alle caste inferiori. E non tutti i samurai seguivano la via dell'onore e della rettitudine come si narrava nei racconti degli intellettuali.

Chieko non si era accorta di avere infilato un vicolo cieco. Quando, alzando lo sguardo, vide il muro di fronte a sé, comprese di essere in trappola. Provò a tornare sui suoi passi, ma finì esattamente nelle braccia del guerriero con la cicatrice sul volto.

"Quanta fretta ha questo fiore di loto," esclamò a gran voce, mentre il suo amico rideva in modo sguaiato. "C'è tutto il tempo per condividere un po' di saké".

"E magari un *futon* con due buoni amici", gli fece eco l'altro, mimando un gesto volgare.

La giovane indietreggiò, fino a finire con le spalle contro la parete di una abitazione povera. Sentì una persona muoversi silenziosamente dietro ad una finestra, ma nessuno intervenne per aiutarla.

"Per favore, nobili signori," sussurrò Chieko. "Devo portare un messaggio urgente al nostro daimyō e non posso farlo attendere. Potrebbe adirarsi".

L'uomo più alto si fermò a scrutarla. Poi rise di gusto. "Dubito che il daimyō possa avere interesse a parlare con una contadinella... ma noi possiamo trattarti con gentilezza, mia cara".

Il samurai con il kimono a fiori l'afferrò per un braccio e la tirò a sé. Poi s'insinuò con il volto sotto i suoi capelli e annusò rumorosamente. "Strano. Non puzzi di sterco di vacca come tutti i contadini. Per essere una pezzente ti atteggi da gran signora".

Le leccò la guancia, producendo un suono orribile. Il suo alito puzzava di alcol e di cipolla.

L'uomo più alto le si avventò contro ed iniziò a spogliarla scoprendo, sulla sua spalla destra, il tatuaggio di un piccolo pesce stilizzato.

La ragazza fu schiacciata a terra dall'irruenza dei due aggressori.

Non urlò. Non sarebbe servito ad altro che a farli eccitare ulteriormente. Chiuse gli occhi e provò ad immaginare il mare. Non lo aveva mai visto con i suoi occhi, ma sognava un giorno di poter solcare le sue acque sconfinate con una delle grandi navi olandesi di cui suo padre le parlava spesso. Si sforzò di non piangere. Il suo corpo non aveva mai conosciuto il calore di un uomo. Le donne nei campi spesso parlavano del dolore della prima volta e del piacere di quelle successive. Mentre i vestiti le venivano strappati di dosso e le mani callose dei guerrieri si facevano strada sulla sua pelle, pregò che la cosa durasse il meno possibile e si lasciò andare, vinta dalla disperazione.

Ad un tratto udì un suono simile ad un sibilo, seguito da un urlo strozzato. Un fiotto di liquido caldo le inondò il viso. Quando aprì gli occhi vide la punta di una lama che usciva dalla gola del guerriero che stava sopra di lei. I suoi occhi erano sbarrati e dalla bocca sgorgava sangue misto a bile.

Gridò istintivamente, e un istante dopo si accorse che la testa dell'altro assalitore stava rotolando sulla strada bagnata di pioggia, colorando di rosso i ciottoli infangati.

Un uomo incappucciato si ergeva retto sopra i due cadaveri, immobile.

Era vestito interamente di nero, come le spie dell'imperatore di cui narravano le leggende: qualcuno li chiamava ninja. Si diceva che non esistessero, che il loro mito era stato costruito ad arte per tenere sotto controllo la popolazione. Eppure uno di loro si trovava proprio di fronte a lei.

"I-io non so come ringraziarla, mio signore," balbettò la ragazza lasciandosi andare in un pianto liberatorio. "Le devo la vita".

Il ninja rimase fermo, indeciso sul da farsi. Poi recuperò la sua spada corta, ancora piantata nella gola di uno dei cadaveri; la pulì con un lembo del suo abito e la infilò nel fodero che teneva legato sulla schiena.

"Dovrei ucciderti," disse l'uomo cercando di mascherare la tua voce. "Ma sarebbe davvero sciocco salvare una donna per poi toglierle la vita un secondo dopo". L'aiutò ad alzarsi in piedi e la fissò negli occhi. "Non posso accettare che persone disgustose come quelle che ti hanno aggredito siano legittimate a portare la spada. Devi promettermi solennemente che non parlerai a nessuno di quello che è accaduto in questo vicolo".

"Lo prometto," rispose senza esitazione.

"Sul tuo onore," insistette l'uomo incappucciato.

"Lo prometto sul mio onore," disse Chieko con decisione. "Ma ditemi almeno il vostro nome in modo che possa ricordarlo nelle mie preghiere".

"Il mio nome non ha più alcun valore. Io non esisto. In ogni caso una volta mi chiamavano Kinnosuke".

* * * * *

Ho assistito alla scena senza poter intervenire in alcun modo. È lo svantaggio di essere un fantasma. Mi è consentito vedere, anche se i contorni delle persone mi sembrano sfuggenti e i panorami offuscati. Posso ascoltare le voci e talvolta i pensieri di chi si muove intorno a me. Tuttavia non sono in grado di interagire con la materia. A volte riesco ad entrare in sintonia con un vivente, ma la possessione dura meno di un istante e non riesco a controllarla. Quanto mi manca la sensazione di calma che saggiavo brandendo la mia katana. Ho vissuto sempre al centro dell'azione e ora mi trovo prigioniero in una dimensione a cavallo tra la vita e la morte. Mi sento più inutile di uno scudo di carta in un campo di battaglia.

Sono fermo a pochi passi da Chieko; ho assistito impotente alla sua aggressione. Per poco non l'hanno stuprata e uccisa.

Kinnosuke è un *ninja*, un sicario spietato, una spia al soldo dello shōgun, ma soprattutto... un cacciatore di cristiani.

La famiglia Tokugawa li chiama *oniwaban*, "custodi dei giardini". Negli ultimi due secoli i servizi segreti si sono rivelati decisivi per lo shogunato. I sicari appartenenti al clan occulto hanno eliminato ogni avversario politico e chiunque potesse rivelarsi una minaccia per il potere centrale. Con pazienza e dedizione hanno estirpato ogni libero pensiero. La loro rete di sicari e informatori ha fatto in modo che dall'occidente non potesse attecchire alcun pensiero progressista. La censura ha riguardato persino l'arte, la scienza, la medicina: qualsiasi idea potesse compromettere lo stato delle cose. Il popolo doveva riporre la propria fiducia nella guida saggia e sapiente dello shōgun, e credere in un unico dio: l'imperatore, ormai ridotto alla stregua di un burattino nelle mani dei Tokugawa. Grazie ai ninja e alla loro meticolosa caccia all'uomo, in Giappone i cristiani sono estinti. Almeno ufficialmente.

Non posso credere che un segugio addestrato come Kinnosuke non abbia notato il pesce tatuato sulla spalla della ragazza... Si chiama *ichthýs* ed è uno dei più antichi simboli cristiani giunti fino in Asia. Risale all'epoca delle persecuzioni nell'antica Roma, quando i seguaci di Gesù iniziarono ad inventare nuovi codici per riconoscersi tra loro, senza destare sospetti tra i pagani e i loro nemici.

Un assassino di cristiani che salva la vita ad una delle poche seguaci di Cristo rimaste in Giappone. Suona davvero incredibile. Continuo a domandarmi quale sia il mio compito...

È un mondo brutale, un'epoca di soprusi, ingiustizia e dolore. Eppure i ciliegi sono in fiore.

* * * * *

"Il mio nome non ha più alcun valore. Io non esisto", aveva asserito Kinnosuke prima di dileguarsi nella pioggia. Chieko lo vide arrampicarsi sulla parete di una delle abitazioni più alte e poi correre sui tetti, fino a confondersi con il cielo.

Cercò di ricomporre il suo kimono strappato e sudicio. Iniziò a vagare per la periferia di Edo spaventata a morte, bagnata fradicia e con gli abiti coperti di sangue. Non poteva cercare asilo dal daimyō, ridotta in quello stato, e in tutta Edo conosceva un solo rifugio sicuro: il Mocambo.

Era stata altre volte, in passato, in quella rozza locanda fondata alla fine del 1500 dai portoghesi alle porte della città. Un luogo all'apparenza innocente, dove viaggiatori e mercanti si fermavano per trovare ristoro, ma che nascondeva un segreto. Nei sotterranei della taverna erano conservate alcune reliquie sacre e una delle poche copie della Bibbia sopravvissute alla purga. Chieko sapeva che il libro sacro era appartenuto a Konishi Yukinaga, una figura considerata quasi alla stregua di un santo per i cristiani giapponesi.

Non esistevano più sacerdoti in grado di celebrare il culto, così i pochi fedeli rimasti nella città di Edo percepivano il Mocambo un po' come un tempio. Vedere ogni tanto la Bibbia, le sue pagine scritte a mano con gli ideogrammi cinesi, sfiorare con le dita le sue preziose decorazioni, serviva ai cristiani per trovare il coraggio di resistere nella segretezza. Per più di due secoli né i militari né i servizi segreti avevano sospettato nulla, e ciò aveva contribuito a alimentare la convinzione dei perseguitati che quel luogo fosse benedetto dal cielo.

In ogni caso il Mocambo era troppo lontano da quel quartiere, e Chieko non poteva rischiare di essere vista da una guardia, così sporca di sangue, a pochi passi dai cadaveri di due soldati. Non aveva un posto dove ripararsi. Stava singhiozzando, ferma in un vicolo, quando una donna anziana si accorse di lei e la pregò di seguirla in casa.

Senza chiederle nulla, preparò un bagno caldo e invitò la giovane a mondare il sangue che le si era incrostato addosso. Chieko - stremata - si abbandonò alle sue cure. Quando uscì dalla vasca, la vecchia le asciugò il corpo e i capelli con teli puliti che odoravano di fiori, accarezzando dolcemente la sua pelle candida, come avrebbe fatto una madre con una figlia. Le offrì abiti puliti, poveri ma dignitosi, e lasciò che piangesse a lungo sulla sua spalla, fino ad addormentarsi.

Tra le catapecchie e le più umili dimore della periferia di Edo, la ricchezza dei poveri era rappresentata dal sostegno reciproco.

Il mattino seguente Chieko si recò alla residenza del daimyō, consegnò la lettera ai suoi servitori, e decise di recarsi al Mocambo prima di fare ritorno a casa. Voleva pregare per l'uomo che l'aveva salvata e per l'anziana signora che si era presa cura di lei. Si sentiva in dovere di ringraziare Dio per non averla mai abbandonata.

"*Nella notte senza luna io non avrò paura, perché Tu sarai accanto a me*", ripeteva camminando in direzione della locanda.

Quando imboccò il lungo viale che conduceva alle porte della città, notò subito un certo fermento. Carri trainati da buoi erano uno in fila all'altro, in attesa di essere condotti a destinazione. Numerosi funzionari erano impegnati nella raccolta delle tasse e nella produzione dei permessi per il commercio, e c'erano guardie ad ogni incrocio. Chieko camminava a testa bassa, sentendosi tutti gli occhi addosso, come se avesse avuto ancora sui vestiti il sangue e il puzzo dei due uomini che l'avevano aggredita. Prese una strada secondaria e presto raggiunse il giardino che circondava la locanda. Attraversò il ponte di pietra costruito su un piccolo torrente e si trovò davanti ad una serie di *torii*, i portali di legno in colore vermiglio che di norma conducono ai santuari shintoisti. Erano molto semplici, quasi poveri, costituiti unicamente da un architrave e due pilastri arrotondati uniti da un traverso più corto. Chieko si inchinò prima di proseguire il cammino, superò il primo gruppo di tre portali e si fermò per le abluzioni rituali. Mentre si lavava le mani e la bocca, il suo sguardo fu attratto da un portale più piccolo, isolato rispetto agli altri: era un *myōjin torii* di legno dipinto di giallo, con gli architravi superiori leggermente curvi verso l'alto, circondato da ciliegi in fiore e posizionato proprio accanto all'edificio di legno in cui si trovava il

Mocambo.

Entrò e si sedette su un tappeto di paglia posizionato sotto una piccola finestra nella zona riservata alle donne.

L'interno dell'edificio era piuttosto buio e le lanterne illuminavano solo alcune aree della stanza principale. Colonne e architravi sostenevano un tetto molto ampio, dolcemente curvo, e le gronde si estendevano ben oltre le pareti coprendo le verande e conferendo agli interni quell'oscurità che contribuiva all'atmosfera della locanda. Fuori stava per ricominciare a piovere.

Nel locale non c'era nessuno, solo l'oste che si avvicinò a lei per prendere l'ordinazione. Chieko ordinò una ciotola di riso e una porzione di frutta. Poi mostrò all'uomo il suo tatuaggio e recitò la frase in codice che suo padre le aveva insegnato: "*SATOR, AREPO, TENET, OPERA, ROTAS*".

L'oste si fece scuro in volto. "Oggi non si può scendere nei sotterranei," le rispose. "Ci sono troppi servi dello shōgun in giro. Sono appena uscite due guardie e prevedo che ne arriveranno altre all'ora di pranzo".

"Non mi fermerò a lungo," lo pregò la ragazza. "Mi bastano pochi minuti, poi tornerò alle mie terre e non vi recherò più disturbo. Il tempo di una preghiera".

"Pregare l'Eterno in questo luogo o lungo il tuo cammino è del tutto indifferente," le disse mentre riempiva la sua ciotola di riso. "Comunque scendi e vedi di fare in fretta".

L'oste le sussurrò alcune istruzioni su come raggiungere il passaggio segreto e le raccomandò di rimanere nascosta e in assoluto silenzio se altri avventori fossero entrati.

Chieko ringraziò, s'infilò nella porta della cucina e discese le scale fino ai sotterranei. Superò la stanza dove erano stoccate le provviste e giunse di fronte ad una grande botte di legno. Seguendo le istruzioni che le erano state impartite, ficcò la mano in una nicchia scavata nella roccia fino a toccare una piccola leva. Si udì lo scatto di una serratura e una piccola porta si aprì sul fianco della botte, rivelando un passaggio segreto. La giovane scese in un cunicolo, procedendo a carponi per alcuni metri, poi entrò nella camera consacrata dov'era conservata la Bibbia.

Un crocefisso di legno era appeso alla parete di fronte a lei, illuminato da una candela. Il libro sacro era aperto sul Vangelo di Luca, 21,12-19. *"Metteranno le mani su di voi e vi perseguiteranno, consegnandovi alle sinagoghe e alle prigioni, trascinandovi davanti a re e a governatori, a causa del mio nome. Questo vi darà occasione di render testimonianza"*. Le parole di Gesù le fecero battere il cuore. *"Sarete traditi perfino dai genitori, dai fratelli, dai parenti e dagli amici, e metteranno a morte alcuni di voi; sarete odiati da tutti per causa del mio nome. Ma nemmeno un capello del vostro capo perirà. Con la vostra perseveranza salverete le vostre anime"*.

Chieko si inginocchiò davanti alla croce e pregò per tutti i fedeli che cercavano rifugio in quelle parole. Nelle sue suppliche ricordò l'uomo che l'aveva salvata e la donna che le aveva offerto rifugio. Stava chiedendo a Dio di proteggere la sua famiglia e di accogliere l'anima dei suoi antenati, quando udì un frastuono nella stanza della dispensa da cui era arrivata. Alcuni uomini stavano parlando ad alta voce, mentre un grosso peso veniva spinto giù dalle scale, andando a schiantarsi con violenza contro uno scaffale.

La giovane tornò ad infilarsi nel cunicolo e si sporse con la testa fuori dall'apertura nella botte, avendo cura di rimanere in ombra. Tre contadini stavano prendendo a calci un uomo legato e con il capo coperto da un sacco nero. Uno di loro brandiva una katana e una spada corta, due armi che dovevano essere appartenute al loro prigioniero. La legge vietava categoricamente agli agricoltori di portare armi e i trasgressori erano puniti con la pena capitale.

"Cosa ne facciamo di lui?" domandò un uomo con la pelle bruciata dal sole e rughe profonde intorno agli occhi. "Dobbiamo ucciderlo e nascondere il suo cadavere prima che qualcuno si accorga di quello che abbiamo fatto".

Il più anziano dei tre scrollò la testa. "Abbiamo pagato profumatamente la spia per tradire il suo compagno e consegnarcelo. Sembra che questo bastardo sia l'unico a conoscere il luogo dove vengono tenuti prigionieri i nostri compagni catturati nel villaggio di Sasuke. Hanno portato via anche mio figlio, non dimenticarlo".

"Allora facciamolo parlare e chiudiamo velocemente questa faccenda, prima che qualcuno ci scopra. Lo sai cosa rischia un contadino che osi toccare un guerriero, vero?"

Il terzo bracciante allentò la corda che era stretta intorno al collo del prigioniero e gli tolse il sacco nero dalla testa.

"*Kinnosuke!*", pensò Chieko cercando di contenere la propria emozione.

Il prigioniero non emise un suono. Fissò i suoi nemici negli occhi rimanendo in ginocchio. Il suo volto era tumefatto. Aveva un occhio gonfio, e da un profondo taglio sul sopracciglio sgorgava sangue denso che scendeva come un fiume sulla sua guancia impolverata.

"Vi hanno ingannato," disse il guerriero. "Non so nulla della rivolta di Sasuke. E se anche lo sapessi, sono addestrato a non rispondere e a resistere a qualsiasi tortura".

Uno dei contadini gli sferrò un calcio in faccia, aprendogli una ferita sul labbro inferiore. L'uomo sputò a terra e tornò a fissare negli occhi il suo aggressore con aria di sfida.

Chieko chiuse gli occhi quando i tre contadini ricominciarono a picchiarlo, colpendolo con tanta violenza da fargli perdere i sensi. Appena ebbe il coraggio di riaprirli, vide Kinnosuke riverso a terra, in una posa innaturale. Respirava a fatica.

"Non parlerà," disse uno dei contadini rosso in volto per la rabbia. "Liberiamoci di lui prima che sia troppo tardi".

L'altro annuì, ma un rumore improvviso mise gli aggressori in allerta. I tre si avvicinarono al passaggio che dai sotterranei conduceva alla dispensa dove l'oste stava richiamando la loro attenzione a gesti. "Dovete uscire di qui in fretta, le guardie saranno qui a minuti. Tappate la bocca a quell'assassino di cristiani e tornate subito nella sala da pranzo. Non c'è un secondo da perdere".

Mentre i contadini ricevevano dall'oste indicazioni su come eludere le guardie, Chieko approfittò del momento per prestare soccorso al prigioniero. Muovendosi in assoluto silenzio, lo liberò dal fazzoletto che gli avevano cacciato in bocca e disfò i nodi che lo imprigionavano. Si guardò intorno e vide un piccolo vaso che conteneva acqua per le abluzioni: lo afferrò e bagnò le labbra dell'uomo ferito fino a che non riprese i sensi.

Quando Kinnosuke aprì gli occhi la riconobbe immediatamente, ma ebbe la prontezza di non emettere un suono. Senza tradire emozioni si rivolse a lei con un sussurro: "perché mi stai aiutando? I contadini non sono tuoi amici? Sai che dovrò ucciderli, vero?"

La ragazza aveva agito d'istinto. Fino a quel momento non si era resa conto di trovarsi nel mezzo di una faida. Il tempio segreto di Edo era stato scoperto. Il ninja avrebbe spifferato tutto ai Tokugawa e molti cristiani sarebbero stati scoperti e trucidati.

"Ho visto il simbolo del pesce che porti tatuato sul corpo," continuò Kinnosuke. "Sei una cristiana. La tua gente cospira contro lo shōgun e contro il Giappone".

"È falso," gli rispose sentendosi profondamente offesa. "Noi cerchiamo solo di sopravvivere. Non sarebbe tutto così difficile se potessimo professare la nostra fede in pace".

"In ogni caso ti ringrazio, ma hai fatto male a liberarmi," la interruppe il ninja. "Ora nulla mi impedirà di compiere il mio dovere".

Lei lo guardò con aria di sfida: "tu mi hai salvato la vita pur sapendo che ero una cristiana. Già una volta sei venuto meno al tuo dovere. Puoi andartene e lasciare in pace questi uomini".

Lo scricchiolio del pavimento rivelò che i contadini stavano uscendo dalla dispensa.

Il ninja tappò la bocca a Chieko, poi scagliò alcuni *shuriken* nell'oscurità. Si udì il tonfo di due corpi che cadevano a terra senza vita, in rapida sequenza. Kinnosuke scattò verso l'uscita, afferrò la sua spada lunga e - prima che il terzo bracciante potesse lanciare l'allarme - gli tagliò la gola con un colpo netto.

Tutto avvenne in una manciata di secondi. Chieko afferrò la spada corta che era stata sottratta al guerriero e la puntò contro Kinnosuke, bloccandogli la via di fuga. "Fermati, ti prego!", gridò.

"Non posso farlo," le rispose, colpito dalla determinazione del suo sguardo. "Le tue guance sono rosa come quelle della dea Benzaiten. È un peccato che siano così spesso solcate dalle lacrime. I tuoi occhi dicono che saresti disposta a tutto per preservare questo luogo segreto... anche ad uccidermi".

"Ti supplico," continuò lei. "Dimentica questo tempio e vattene".

Kinnosuke afferrò il libro sacro e domandò: "è questa la Bibbia appartenuta a Konishi Yukinaga, daimyō di Toyotomi Hideyoshi?" La giovane annuì.

"La famiglia dello shōgun Tokugawa cerca questo tomo da 200 anni," commentò il guerriero. "Non riesco a capire come un libro possa essere così importante e determinare un'ossessione che si tramandi di generazione in generazione. La vostra gente si è fatta trucidare per difenderlo. E noi siamo stati costretti a compiere massacri per trovarlo". Il guerriero sfogliò alcune pagine, come per cercare una risposta. "Alcuni monaci sostengono che si nasconda un grande potere tra queste parole. Un'idea nuova che va oltre la superstizione. Si dice che il libro possa determinare la caduta dello shogunato, ma io vedo solo ideogrammi, solamente parole...".

* * * * *

Quando ho visto Kinnosuke prendere in mano la mia copia della Bibbia, ho finalmente compreso cosa mi tenesse ancorato al mondo dei vivi. Nei giorni che avevano preceduto la mia esecuzione mi ero dedicato alla lettura delle sacre scritture, proprio su quel testo.

Non era un'edizione particolarmente preziosa, ma i libri erano oggetti piuttosto rari a quei tempi. Nella mia prigione avevo insegnato alcune preghiere ad un servitore, un ragazzo dai modi gentili che manifestava un certo interesse per la storia e la figura di Gesù. Ricordo che pochi minuti prima della mia esecuzione gli feci dono di quella Bibbia, avendo cura di scrivere una lettera accompagnatoria perché non fosse accusato di furto.

Ricordo la commozione e la determinazione negli occhi di quel servitore quando ricevette il mio dono, lo stesso sguardo che vedo davanti a me in questo istante. Quel giovane si chiamava Tawaraya... proprio come Chieko.

Ora so cosa devo fare.

* * * * *

La ragazza indietreggiò. Un intenso bagliore bluastro si era materializzato alle spalle di Kinnosuke; in meno di un istante quella specie di fuoco fatuo era penetrato nel suo corpo diffondendosi sulla sua pelle come una sorta di aura.

"*Questo libro ti appartiene*," disse il ninja parlando con la voce di un altro uomo e con un tono che non aveva nulla di umano. "*Il mio nome è Konishi Yukinaga. Prima di morire ho lasciato questa eredità ad un tuo antenato. È tuo di diritto. Tuttavia ti consiglio di lasciarlo a Kinnosuke. Non vale la pena morire per un libro. Di fatto è solo un po' di carta legata insieme. Il vero potere della Bibbia risiede nelle parole che tu hai letto, memorizzato e conservato nel cuore*".

La ragazza allungò le dita verso il tomo, ancora stretto tra le mani del guerriero. Lo sfiorò, fece un inchino in segno di rispetto e annuì, affidandosi alle parole dello spettro.

"*Ora seguimi, ce ne andremo da questo posto*", continuò il fantasma.

Salirono le scale scavalcando i cadaveri degli uomini che erano stati uccisi. Emersero nel salone principale della locanda, senza che nessuno prestasse loro la minima attenzione. La gente che era arrivata per pranzare sembrava non potesse vederli. Il tempo scorreva più lentamente e i contorni delle cose e delle persone sembravano leggermente sfocati.

Uscirono in strada, passando in mezzo ad un gruppo di quattro guardie. Poi presero la via che portava verso le campagne.

"*Prosegui su questa strada,*" le disse il fantasma nel corpo di Kinnosuke. "*Non incontrerai più alcun pericolo fino a casa*".

Chieko fece di nuovo un inchino guardando per l'ultima volta la Bibbia stretta tra le mani del ninja, semi-nascosta tra le sue vesti.

"Che ne sarà di lui?" trovò infine il coraggio di domandare.

"*Non lo so,*" rispose il fantasma. "*Non posso vedere il futuro*".

"Gli farai del male?"

"*Al contrario. Credo proprio di averlo salvato*".

* * * * *

Era l'estate del 1853 quando il commodoro Matthew Perry, per ordine del presidente degli Stati Uniti d'America Millard Fillmore, guidò una spedizione di quattro fregate da guerra nella baia di Edo, per stabilire con il Giappone un rapporto commerciale ed ottenere la riapertura del Paese.

I massicci armamenti di cui erano dotate le sue navi nere (per il colore con cui erano dipinte, ma soprattutto per il fumo prodotto dai modernissimi motori a carbone) e la minaccia di una prova di forza, spinsero lo shōgun Tokugawa a siglare un trattato d'amicizia che di fatto pose fine al periodo di chiusura del Giappone al mondo e diede inizio ad una lunga fase di restaurazione del potere imperiale.

I libri di storia raccontano che dopo avere visto le navi nere di Perry minacciare la baia di Edo, lo shōgun Tokugawa Ieyoshi morì di crepacuore, la notte stessa. I servitori lo trovarono nella sua stanza, con gli occhi sbarrati a fissare la teca nella quale era chiuso un libro, una copia della Bibbia che le sue spie avevano recuperato pochi anni prima. Un libro che, negli attimi di confusione successivi alla morte dell'uomo alla guida del Giappone, qualcuno fece sparire.

* * * * *

La Bibbia appartenuta a Konishi Yukinaga, il fantasma di Edo, si trova oggi al museo dell'Accademia Navale degli Stati Uniti ad Annapolis. Secondo quanto riporta la descrizione a fianco della teca, il prezioso tomo fu portato in America da una coppia di immigrati giapponesi partiti con le navi di Matthew Perry dopo la firma del trattato di amicizia che pose fine al "periodo Edo" e diede inizio alla restaurazione Meiji.

I loro nomi erano Tawaraya Chieko e Jiraiya Kinnosuke.

LA MADRE PATRIA CHIAMA!

Non è insolito che a Volgograd, nei pomeriggi d'inverno, quando il Sole scende a sfiorare la linea dell'orizzonte, i tetti delle case si tingano di blu, rosa e giallo, in un repentino rincorrersi di variazioni cromatiche. Sulle foglie innevate delle betulle anche i cristalli di ghiaccio alternano sfumature viola e azzurre, come se un gelido pennello dipingesse paesaggi ispirati alle poesie di Aleksandr Pushkin.

Volgograd è una città che può sembrare a tratti severa. Conserva con orgoglio i simboli e le cicatrici della vittoriosa opposizione all'avanzata tedesca, nel corso della Seconda Guerra Mondiale, quando con il nome di Stalingrado fu teatro di una battaglia cruciale per gli esiti del conflitto.

Nel punto più alto della collina di Mamaev Kurgan, sulla sponda a nord del Volga, si erge la risposta sovietica alla Statua della Libertà, una colossale scultura di calcestruzzo armato e metallo che ritrae una donna vestita di vento che punta verso il cielo la sua lunga spada e chiama il popolo a raccolta: "Родина-мать зовёт!", la madre patria chiama!

La statua fu inaugurata alla fine degli anni '60, in piena guerra fredda. All'epoca tutti avevano brindato per settimane festeggiando quella fanciulla di cemento che con i suoi 85 metri di statura (contando anche la spada) bagnava il naso a tutte le altre statue del mondo, primeggiando con fierezza, senza celare il proprio orgoglio.

Olesya amava sedersi a leggere sulla collina, all'ombra della "Madre Russia", ascoltando musica e fumando una sigaretta dietro l'altra. Era una ragazza a cui piaceva divertirsi, andare ad ascoltare le band emergenti che facevano musica nei peggiori locali della città, fare casino come tutti gli adolescenti della sua età. Ma le piaceva anche ritagliarsi qualche minuto di intimità, da sola o con una delle pochissime persone con cui riusciva ad essere completamente a proprio agio, senza dover gestire i propri scudi. Il suo viso aveva lineamenti delicati, da bambina, ma a lei piaceva truccarsi in modo da apparire più matura. Quel giorno aveva calcato la mano con la matita nera intorno ai suoi occhi turchesi e aveva dipinto le labbra con un rossetto rosso tendente all'arancione. Anche la sua acconciatura evidenziava il desiderio di collocarsi in una categoria umana diversa rispetto alle altre ragazze che frequentavano la sua scuola: aveva scelto di tingersi i capelli di verde e li aveva rasati sul lato sinistro, permettendo ad un tatuaggio sbiadito raffigurante una piccola fata di essere notato da tutti. Indossava una felpa nera, piena di scritte grigie in caratteri cirillici tra le quali spiccava la frase "Tutto mi ubbidisce ed io a nessuno", sopra ad un paio di jeans che sembrava fossero stati fatti a pezzi da una tigre. Era entrata pienamente in quell'età in cui basta uno sguardo per sentire tremare il cuore e adorava quella sensazione.

"È ancora la statua più alta del mondo raffigurante una donna," disse Olesya rompendo il silenzio e indicando con un dito i giganteschi piedi della colossale scultura allegorica. "Mi piace pensare che siano i piedi di una donna a calpestare questa terra. Si dice che qui sotto sia stato tumulato uno dei più importanti khan dell'Orda d'Oro, quello che convertì all'Islam una bella fetta dell'Eurasia. Un titano ai suoi tempi, eppure ora ha in testa il piede gigantesco di una donna".

Al suo amico Hassan non importava nulla del realismo sovietico, della guerra fredda, dell'orgoglio russo o degli argomenti del movimento femminista. Era musulmano, ma la sua famiglia non era particolarmente tradizionalista. Lui nemmeno, ma gli piaceva pensare che ci fosse un Essere Superiore a regolare l'Universo. Detestava la musica rumorosa e frenetica che rimbombava nelle orecchie di Olesya isolandola spesso dal mondo, e sopportava a fatica il puzzo delle sue sigarette di contrabbando. Odiava il fatto che quel luogo fosse stato progettato per ricordare uno degli scontri più crudeli della storia: la Battaglia di Stalingrado fu una vera e propria carneficina in cui più di un milione e mezzo di persone venne trucidato per la follia di qualcuno che prendeva decisioni sulla pelle di soldati innocenti. Prima di arrivare a Volgograd, la sua famiglia era fuggita da una zona di guerra in Cecenia e in casa aveva sentito troppi racconti carichi di dolore, violenza e disperazione per desiderare di celebrare altri conflitti.

"A cosa pensi?" chiese la ragazza chiudendo il libro e riponendo gli auricolari nel tascone della sua felpa.

"Che alla fine ognuno cerca solo di essere felice," rispose Hassan mentre terminava di copiare gli appunti di matematica che l'amica aveva preso a scuola quella stessa mattina. "E non intendo felice in modo assoluto. A me basterebbe che almeno per un attimo tutte le cose fossero al loro posto, dove dovrebbero essere. Un po' come quando riesci a semplificare un'equazione e i numeri si sistemano in modo ordinato... sapere che 2+2 fa sempre e comunque 4, mi fa stare bene".

"A me piacerebbe che una volta ogni tanto 2+2 facesse 5", lo interruppe Olesya, iniziando a riporre i libri nello zaino. "L'altra sera al Mocambo Vadim ha provato a baciarmi. Non pensavo di essere il suo tipo, visto che si circonda di ragazzine che fanno i balletti sui social. La cosa mi ha divertito".

Hassan abbassò lo sguardo e Olesya finse di non accorgersene.

"Sono stanco Olesya. Non voglio pagare per tutta la vita il prezzo di un errore," disse il ragazzo alzandosi all'improvviso.

"In che senso?" domandò la ragazza, sembrando sinceramente sorpresa per quell'affermazione fuori contesto.

"Se uno commette un errore, un errore grossolano, un errore da

dilettante... Credi debba pagarlo per il resto della propria vita?".
La domanda di Hassan restò per qualche istante sospesa nel vuoto.

"Giuro che non ti seguo," disse la giovane spalancando le braccia.
"Ci provo ma non ti seguo. Di cosa stai parlando adesso?"

"Sai di cosa sto parlando," esclamò Hassan con un tono di voce che tradiva la sua frustrazione. "Hai chiesto tu di smettere di amarti, ma mi tratti come se fossi un blocco di granito. Posso essere finalmente redento?".

L'urlo di un bambino seguito da altri schiamazzi li fece voltare all'unisono. Un gruppo di ragazzini stava giocando a "Cosacchi e Banditi", una sorta di nascondino a squadre, e un piccolo fuggiasco era stato raggiunto e catturato dai suoi coetanei. Urlava e si dimenava lamentandosi che qualcuno doveva avere rivelato la parola d'ordine segreta al gruppo dei cosacchi perché le frecce disegnate a terra non avrebbero potuto condurre così velocemente al suo nascondiglio. "C'è un traditore!", gridava offeso a morte, "uno di voi mi ha tradito".

* * * * *

Il giorno prima, ad un tavolo del Mocambo, Hassan aveva sfidato Viktor Kuznetsov, un giocatore di scacchi che per anni aveva vinto tutte le competizioni della regione. Per l'occasione la barista aveva preparato una scacchiera di cristallo piuttosto antica e vicino al tavolo aveva posizionato uno smartphone per improvvisare una diretta sui social. Il Mocambo non era un vero e proprio club di scacchi, ma era frequentato da molti appassionati che la sera giocavano in una stanzetta al piano di sopra, vicino alla porta gialla sulla quale erano incollati tutti gli articoli che parlavano delle vittorie di Mikhaìl Botvìnnik, Anatolij Karpov, Aleksandr Alekhin e naturalmente Garri Kasparov. Sulla porta era appeso anche un disegno di Pjotr Vasiljev che raffigurava una partita a scacchi tra Lenin e lo scrittore Maksim Gorkij sotto gli occhi attenti della moglie del leader sovietico, Nadezhda Krùpskaja. Un produttore locale di vodka aveva messo in palio un premio in denaro sufficiente per convincere un professionista come Viktor Kuznetsov ad accettare la sfida di un esordiente come Hassan, per cui ad entrambi i giocatori era stato servito un piatto con patate bollite al burro, cetrioli in salamoia, aringhe affumicate e pane in abbondanza. Ognuno di loro aveva davanti un bicchiere personalizzato con il logo della distilleria pieno di vodka ghiacciata, e una tazza in cui era stato versato del succo di pomodoro.

La partita era iniziata lentamente, con mosse calcolate e prudenti da entrambi i lati. Viktor, con il suo stile solido, manteneva il controllo della scacchiera, mentre Hassan provava di destabilizzare il campione con qualche mossa fuori dagli schemi, nella speranza di non risultare troppo prevedibile.

A metà partita, sorprendentemente, ad Hassan sembrò di essere in leggero vantaggio.

"La tua vodka sarà calda, ormai" disse il campione di punto in bianco, senza distogliere lo sguardo dalla scacchiera. "Io purtroppo l'ho finita subito".

Hassan gli allungò il bicchiere facendo un mezzo sorriso. Viktor fece un cenno di ringraziamento con la testa, ingoiò rapidamente un sorso di vodka, si asciugò la bocca con la manica e fece la sua mossa, ribaltando la situazione.

Hassan non si perse d'animo e ripensò a tutte le partite che aveva studiato a memoria, cercando di interpretare il gioco del suo avversario. Le ore passavano e i due giocatori continuavano a duellare come sospesi nel tempo. Ogni mossa era cruciale, ma la partita era in stallo.

Ad un tratto Hassan tentò una mossa davvero audace e Viktor si alzò di scatto in piedi. Nel locale si fece silenzio, mentre il campione camminava intorno alla scacchiera come una tigre in gabbia. Tutti gli appassionati di scacchi osservavano la scena con trepidazione perché la mossa sembrava avere messo il campione spalle al muro.

Viktor si chinò sulla scacchiera, studiando la situazione per diversi minuti, immobile. Poi, con un sorriso enigmatico, fece la sua mossa. Mentre la mano afferrava lentamente il cavallo, Hassan fu colto da una profonda preoccupazione. La tensione era palpabile. Completata la mossa, lo sfidante capì di essere caduto in una trappola. La partita era finita e Hassan era stato sconfitto.

* * * * *

Olesya tornò sull'argomento: "ok, hai preso una cotta per me, ma l'ultima volta che abbiamo affrontato l'argomento mi hai detto che era acqua passata, che non mi amavi più".

Il ragazzo allargò le braccia. "Smettere di amare è come chiedere ad una persona di smettere di respirare, non è come premere un interruttore. Può accadere solo in modo naturale e imporlo è una cosa contro natura. Mi hai chiesto di uccidere un sentimento. Semplice come provare a spegnere una stella".

Olesya lo fissò con uno sguardo severo. Cercò di accendere una sigaretta, ma questa le cadde a terra, finendo nell'impronta fradicia che una delle sue scarpe avevano scavato nella fanghiglia innevata. "Non capisco perché tu mi dica queste cose. Non capisco perché tu me le dica ora, così, all'improvviso. È un modo per dirmi che non ci sei riuscito? Che mi ami ancora? Che dobbiamo smettere di vederci?"

Hassan sembrò ritrovare improvvisamente la calma. "Mi sono sempre assunto la responsabilità delle mie azioni, lo sai che io non scappo. Ma non è facile rispondere delle proprie emozioni. Mettiti nei miei panni. Se ti avessi imposto di amarmi? Ci saresti riuscita?"

"No", rispose scuotendo tristemente la testa.

"Io invece l'ho fatto," continuò Hassan. "Ho smesso di amarti. Ho mantenuto la mia promessa".

"Era l'unico modo per conservare quello che c'è tra noi", considerò la ragazza. "E lo sai benissimo anche tu".

"Quello che c'è tra noi... Cosa c'è tra noi?".

"Non ho una risposta, lo sai, ne abbiamo già parlato. Io desideravo solo tornare alla normalità, dimenticare le tue parole. Hai rovinato tutto!"

Il Sole era ormai calato dietro ai tetti delle case e, mentre il cielo si faceva più scuro, il freddo cominciava a farsi sentire.

Così come litigano, i bambini sanno fare subito la pace e sui prati della collina il gruppetto che giocava a "Cosacchi e Banditi" era tornato a divertirsi come se nulla fosse accaduto, mentre i genitori tentavano di recuperare i propri figli per riuscire a rientrare a casa.

* * * * *

Dopo avere incassato il premio in denaro, Viktor aveva offerto un giro di vodka a tutti i giocatori di scacchi e si era fermato con loro a commentare la partita. Poi, dopo avere salutato la barista, aveva preso la sua borsa per avvicinarsi all'uscita.

Il suo sfidante era fermo vicino alla porta. Era rimasto da solo tutto il tempo, osservandolo a distanza.

"Hai giocato bene," disse ad Hassan stringendogli la mano.

"Credo di non averti mai messo seriamente in difficoltà," rispose il ragazzo. "Quando ti sei alzato in piedi, ho davvero creduto di farcela".

"Sono sincero. Hai giocato davvero bene," continuò Viktor prendendolo sotto braccio per farsi accompagnare fuori dal Mocambo. "Gli scacchi sono una metafora della vita. Per vincere occorrono una passione bruciante abbinata ad un assoluto distacco. Ci si arriva con l'età".

"Passione e distacco sembrano concetti opposti", rispose il giovane, "non saprei davvero come fare a trovare questo equilibrio. Non solo negli scacchi".

Viktor sorrise. "Distacco non significa rinunciare alle passioni. Devi solo fare in modo che la passione non prenda il sopravvento sul tuo modo di giocare e sulla tua vita. Il distacco serve per mettersi a fuoco, per vedere le cose per quello che sono. Sei giovane, ma imparerai che la fatica, il sudore e l'amarezza sono doni preziosi".

Hassan avvertiva un dolore in mezzo al petto che gli stava togliendo il fiato, mentre deglutiva per cercare di trattenere le lacrime. La sua vita mancava di qualcosa. Qualcosa di enormemente importante.

Viktor non poteva immaginare cosa stesse provando realmente il suo giovane sfidante e pensò che fosse solamente frustrato per la sconfitta. "Continua a giocare", gli disse colpendolo con un pugno sulla spalla. "Ti do appuntamento tra un anno per una rivincita, e fai in modo di mettere a frutto questa esperienza. Non sprecare il tuo dolore, trasformalo in disciplina, concentrazione e soprattutto in distacco".

Hassan annuì, ma non stava pensando agli scacchi.

* * * * *

Aveva rovinato tutto. Confessando i suoi sentimenti aveva palesato qualcosa che per anni era rimasto sottinteso, confinato alla sfera del gioco. "Ma adesso siamo tornati alla normalità," disse Hassan rompendo il silenzio. "Ci sono giorni in cui ci comportiamo come sempre e altri in cui mi sembra di pagare un prezzo troppo alto per il solo fatto di avere detto la verità. Ci conosciamo da una vita intera, Olesya. Ci vogliamo bene. Cerco di convincermi del fatto che anche tu me ne voglia, anche se so perfettamente che il tuo è un tipo di affetto molto diverso. Non esiste altro essere umano con il quale io sia stato tanto sincero, con cui io mi sia messo completamente a nudo. Il nostro è un gioco di seduzioni che dura da sempre, tra il serio e il faceto, ma io sono sempre stato sincero, ho sempre dimostrato ciò che provo realmente. Io ho sempre detto la verità".

"Non è vero," lo interruppe la ragazza.

"Mi correggo. Ho sempre risposto con sincerità alle tue domande dirette. A volte ho omesso. Ma non ho mai mentito".

"Dove vuoi arrivare?, domandò Olesya con un tono di voce completamente diverso rispetto all'inizio della discussione. Un fiume di ricordi stava scorrendo nella sua mente, accompagnato da molti dubbi sul comportamento di entrambi.

"Ogni volta che hai giocato con me, le mie reazioni sono state sincere," proseguì Hassan. "Tu forse fingevi. Io no. Forse hai detto cose a cui non credevi. Forse sono io che ho dato troppo peso alle tue provocazioni, a quelle piccole cose, ai gesti, ai movimenti del tuo corpo, al suono della tua voce, ai silenzi e alle cose non dette. È evidente che tu hai scherzato e che io sono stato al gioco. Ci sono stati momenti in cui questo gioco si è svolto in perfetto equilibrio. Altri in cui ho vissuto in preda all'ossessione, completamente senza fiato, senza sonno, con il cuore che non riusciva a tenere il passo. Tu hai mai amato perdutamente, senza controllo, completamente travolta dalla passione? Capisci quello che sto dicendo? Lo spero sinceramente, perché è una di quelle cose che danno senso alla vita, nel bene e nel male".

"Si, credo di capire", sussurrò Olesya immersa nei suoi pensieri.

"E in ogni caso," concluse Hassan, "ho fatto del mio meglio per non lasciare che i miei sentimenti interferissero con il nostro rapporto. Fino al giorno in cui quelle parole sono uscite da sole dalla mia bocca, senza che potessi fare nulla per trattenerle".

Olesya lo fissò con sguardo severo. "Hai detto che mi ami, cazzo!".

"Ti amavo", sussurrò lui non riuscendo a sostenere lo sguardo.

"Si, mi correggo, mi amavi. Ora dici di essere riuscito a riparare tutto. Allora perché oggi torni sull'argomento?".

"È stato solo un momento di debolezza, Olesya. Maledizione! Lo sto scontando ogni giorno. Potessi tornare indietro non permetterei a quelle parole di venire alla luce. Sceglierei di restare fedele al mio ruolo. Davvero non capisci? La verità è che avevo disperatamente bisogno di sapere se tu mi avessi mai desiderato, anche per un singolo istante in tutta la vita".

"Perché?"

"Ti giuro che non lo so. Forse per sentirmi meno solo in questa storia o per capire se davvero, come dici tu, ogni cosa accade solo nella mia testa, dove idealizzo te e quello che ci lega".

"Di nuovo melodrammatico... Chiariamo le cose una volta per tutte. Cosa vuoi, sinceramente, Hassan? Mi hai detto che tutto sarebbe tornato come prima, che è stato solo un momento di confusione, che oggi non provi più questi sentimenti, che hai smesso di amarmi, che sei riuscito a mettere a posto le cose..."

Hassan tornò a mostrarsi risoluto. "Non è stato facile, amica mia. Ho provato in tanti modi a spegnere quello che stavo provando, fallendo cento volte, cedendo alla rabbia, riprovando senza successo, fino a quando ho trovato il sentiero giusto. Per riuscire a smettere di amarti ho concentrato ogni energia sul dolore: mi sono soffermato con dedizione quasi maniacale su ogni istante in cui sei stata crudele con il mio cuore".

Olesya avvertì un improvviso colpo al petto seguito da una fase di vuoto. Era stata davvero crudele con il suo cuore?

"Ho cercato di ricordare tutti i dettagli," continuò Hassan, con un tono di voce che tradiva una profonda consapevolezza. "Ho indugiato, assaporando ogni possibile sfumatura del dolore. Ho messo a fuoco il tuo sguardo, il tono della tua voce, quella tua espressione ogni volta che mi parlavi di chi hai amato, delle tue avventure, persino delle misure di chi hai avuto nel letto. Un lungo elenco di persone che, anche solo per un giorno o per una notte, hanno acceso il tuo desiderio. Un lungo elenco di persone che ho sentito migliori di me. Ho provato gelosia, solitudine, vergogna, senso di colpa, ansia, rabbia.

Ho smesso di chiedermi quanto fossi consapevole del male che mi facevano certe confidenze; sono convinto che una parte di te desiderasse farmi del male.

Ho smesso di domandarmi il perché indugiassi sui particolari delle tue storie, fingendo che io non fossi minimamente coinvolto, sfidando la mia capacità di dissimulare mentre i dettagli si fissavano nella mente come un marchio a fuoco, tormentandomi nelle notti senza sonno. Eliminate le sfumature, alla fine, è rimasto solo il dolore ed io ho iniziato ad estrarlo, stilla dopo stilla. Un dolore atroce. Vivo. Pulsante. Maligno".

Un improvviso soffio di vento si posò sulla pelle di Olesya, mentre in lontananza il suono di una campana, col suo tono cupo, giunse inatteso come a sottolineare la scelta di quell'ultima parola. La carezza degli ultimi raggi di sole di quella giornata indugiava sulle cupole dorate della Chiesa di Tutti i Santi, un piccolo tempio a poche centinaia di metri dalla statua monumentale. I rintocchi della campana continuavano, struggenti come la nostalgia di cose mai vissute.

"Stai esagerando, come fai sempre", provò a sdrammatizzare la ragazza. "Tu conti per me molto di più di tutte le persone di cui ti ho parlato, del flirt di una sera o delle relazioni che ho archiviato.

E lo sai benissimo. Loro sono andati. Tu per me ci sei sempre. E poi io ti ho parlato di loro in confidenza, come si fa con un amico con il quale si condividono le emozioni, le gioie e i dolori. Con sincerità".

Hassan sorrise. "Non devi giustificarti. Non serve. Hai ragione. E poi tu sei fatta così. Tu basti a te stessa. Mi sei sempre piaciuta per questo. Sei come una stella che brucia creando il proprio universo intorno a sé". Il ragazzo le prese le mani e si accorse che erano gelide. Le strinse con forza e la guardò con dolcezza. "C'è solo un particolare nel tuo ragionamento che non fila. Se per te sono così importante, se il nostro patto di dirci sempre la verità per quanto male possa fare è vero, se tu mi puoi parlare di tutto, perché a me non è concesso di fare altrettanto? Solo perché riguarda noi?"

Olesya si limitò a ricambiare lo sguardo e i due rimasero così, a fissarsi negli occhi, mani nelle mani, fermi davanti ad un bivio. Subito si accorsero di trovarsi in una delle loro tipiche situazioni ambigue, cariche di tensione, ma Hassan fu più rapido nel trovare una via d'uscita. "Anzi no, ti prego, non rispondere. Non mi importa. Un'altra cosa che ho imparato è che quando si spegne l'amore, non si può tornare indietro".

Gli occhi di Olesya non riuscivano a staccarsi da quelli di Hassan. "Mi sono spaventata. Ho solo avuto paura, tutto qui. Ho pensato che io sono a posto così, che la mia vita mi piace così. Ma non voglio causarti alcun dolore. Mi dispiace così tanto…"

"Il dolore, invece, è un ottimo medicinale," le sussurrò il giovane asciugandole una lacrima che era riuscita a violare l'argine dei suoi occhi. "Con la tortura puoi ottenere qualsiasi cosa, anche che una cosa non vera diventi vera," ironizzò sorridendole. "Pensa alle streghe sul rogo: pur di smettere di soffrire erano pronte a confessare qualsiasi assurdità. Così per mesi mi sono sottoposto al supplizio, riportando alla mente ogni momento che avevo rimosso per non sentire male. Ho passato in rassegna tutti i tuoi uomini, vi ho immaginato insieme, nell'intimità, a scambiarvi immagini sulle vostre chat a fare progetti. Ho attinto ai particolari dei tuoi racconti. In tutti questi anni, non hai idea di quante volte mi si sia spezzato il cuore pensando che ognuno di questi uomini, ai tuoi occhi, è stato migliore di me. Per ognuno di loro hai provato almeno un istante di desiderio e alla fine ho accettato il fatto che sarei morto senza invecchiare con te, senza averti nel mio letto, senza nemmeno la consolazione del ricordo di un bacio innocente".

"Io non..."

"Tranquilla. Oggi, fortunatamente, non provo più nulla," mentì Hassan sforzandosi di indossare un'espressione che potesse rasserenarla. "Mi hai chiesto una spiegazione e sto semplicemente rispondendo alla tua domanda. Non ti amo più".

"Mi ero illusa che potesse tornare tutto come prima".

"Siamo cambiati continuamente nel corso delle nostre vite. Non credo che il nostro rapporto sia mai stato uguale a sé stesso. Ora andremo avanti, in qualche modo".

"Andremo avanti?"

"Quando mi sono innamorato di te, Olesya, è semplicemente accaduto. È successo, così, all'improvviso. Non ho colpa, né merito. L'ho realizzato di punto in bianco. Ma innamorarsi non significa amare. Io ho scelto di amarti davvero e ho accettato il sacrificio. Per farlo ho dovuto cadere e rialzarmi. Ho spento l'amore per amarti per sempre.

Ora vai al Mocambo a prendere due birre. E finisci di raccontami come hai conosciuto Vadim".

* * * * *

Nella penombra della sua stanza, Hassan stava ricostruendo sulla scacchiera tutte le mosse della partita persa contro Viktor. Ogni pezzo, lucidato dall'uso, rifletteva una sfumatura della sua solitudine. Si era convinto, per un lungo e doloroso periodo, di poter essere il re in un gioco d'amore, protetto e amato, ma dire la verità era stata una mossa avventata di cui non aveva previsto l'esito, lasciandolo esposto e vulnerabile.

Viktor lo aveva tenuto in pugno per tutta la partita. Gli scacchi, con la loro crudele logica, non concedono vittorie a chi gioca con il cuore invece che con la mente. La regina, pezzo centrale della sua strategia e simbolo dell'amore per cui aveva combattuto, era stata catturata troppo presto, lasciandolo indifeso, come un monarca senza regno.

Guardò la scacchiera d'avorio e il suo avversario invisibile, il destino, o forse semplicemente la realtà di un sentimento non corrisposto, e capì che il matto era sempre stato inevitabile. Non c'era scacco al re che potesse salvare il suo cuore dall'essere messo all'angolo, schiacciato tra la resa e l'illusione.

Con un sospiro, abbassò lo sguardo sul campo di battaglia dove aveva perduto non solo la sfida, ma anche un pezzo di sé. L'amore, comprese, era come una partita a scacchi giocata con un avversario che non vede le tue mosse, che non gioca secondo le tue regole. E lui, nel suo desiderio di essere amato, aveva dimenticato che in questo gioco a due, l'altro giocatore non aveva mai mosso una pedina.

Raccogliendo i pezzi sparsi, decise che era ora di abbandonare la partita. La scacchiera, una volta campo di una battaglia per un amore non corrisposto, sarebbe tornata a essere solo un insieme di caselle bianche e nere.

Consapevole che non sarebbe mai stato davvero libero dalla morsa di una partita impossibile da vincere, Hassan provò ad immaginare un nuovo inizio, forse un gioco diverso, dove l'amore non è una lotta, ma un incontro di anime che giocano dalla stessa parte.

BOOK CROSSING

Non occorre essere un topo da biblioteca per capire che il libro è un oggetto particolare. È uno dei pochi beni di consumo che viene conservato, archiviato, collezionato. Si dice che sia l'unico oggetto in grado di sognare. Si mormora che sia l'entità inanimata più vicina al confine dell'incubo. Immaginare che i libri possiedano un'anima potrebbe sembrare un'eresia, ma è innegabile che emanino un'aura, come se fossero in grado di esprimere una vera e propria personalità. Per esempio, i libri si offendono quando sono dati in prestito, covano rancori quando vengono strappati dal loro santuario. Per questa ragione spesso non ritornano.

Ginevra amava i libri più di ogni altra cosa. Viveva a Piacenza, una piccola città emiliana che quella mattina si era svegliata avvolta in una fitta nebbia. I suoni erano come soffocati e la bruma avvolgeva ogni cosa con un abbraccio freddo e umido, più simile a un presagio che a una carezza. Per chi è nato a Piacenza, la nebbia è un'entità familiare, ma Ginevra pensava che non spuntasse mai per caso e servisse alla città per nascondere ciò che non può essere rivelato alla luce del sole. Mentre attraversava il parco che la separava dal suo luogo di lavoro, la nebbia si stringeva intorno a lei come un sudario, tentando di avvolgerla con le sue dita fredde e umide. Era una presenza viva, che giocava a nascondino tra gli alberi, celando ombre che non appartenevano a questo mondo.

Camminava in silenzio, percorrendo sentieri di ghiaia e ciottoli, segnati dalle tracce di esistenze dimenticate. Le panchine, rifugio notturno per anime perdute che cercano oblio nell'alcol, giacevano avvolte da un'aura di disperazione, testimoni silenti di sogni infranti.

Avvicinandosi all'uscita dei giardini, riuscì a dare forma al bagliore bluastro che intravedeva oltre la recinzione. Era l'insegna del Mocambo, una piccola birreria che provava a sfidare l'oscurità circostante, un faro incerto in un quartiere dove il confine tra il dimenticato e l'inquietante si faceva sempre più sottile.

Ginevra sognava che quella piccola birreria di quartiere potesse diventare il centro pulsante di un rinnovamento, un luogo dove le barriere sociali riuscissero a dissolversi come la schiuma sulle labbra di un boccale appena servito.

Per questo aveva lanciato l'iniziativa del "book crossing" provando a lasciare qualche libro a disposizione del locale, in vari angoli del quartiere e soprattutto sulle panchine del parco.

Ben presto una piccola comunità di appassionati lettori aveva iniziato a seguire il suo esempio, abbandonando vecchi libri nella speranza che altri ne potessero godere.

Ginevra stava per entrare nel Mocambo quando lo sguardo le cadde su un volume finito a terra, vicino alla porta gialla che conduceva alle cantine. Il tomo, avvolto in una copertina nera come la pece, senza titolo né autore, sembrava bere la luce circostante, inghiottendola in un abisso senza fondo. Istintivamente Ginevra aprì le prime pagine alla ricerca del commento di un lettore o di una dedica relativa al book crossing. Trovò solo una piccola scritta in matita che le gelò il sangue nelle vene.

"*Verrò a prenderti tra 48 ore*".

* * * * *

Quando finalmente fu a casa, dopo una lunga giornata di lavoro, Ginevra sprofondò sul suo divano e riaprì il tomo nero. Il messaggio tracciato a matita le aveva gelato il sangue, insinuando nel suo cuore una curiosità malsana, impossibile da ignorare. Fece per iniziare la lettura, quando si accorse che il libro era più strano di quanto avesse previsto. Le pagine erano tutte completamente bianche. Tutte tranne una, quella dove a matita era scritto "*Verrò a prenderti tra 40 ore*". Ginevra staccò per un attimo gli occhi dal testo. 40 ore? Era quasi certa che il messaggio letto quella mattina parlasse di 48 ore. Guardò l'orologio e si accorse che, dal ritrovamento di quel vecchio volume, erano trascorse circa 8 ore. Di nuovo un brivido le attraversò la schiena. Il fischio del bollitore la fece saltare sulla sedia. "Mi sto lasciando suggestionare," disse parlando ad alta voce. Chiuse il libro, versò l'acqua nella teiera e aggiunse un cucchiaio di foglie di té. Poi andò in bagno e iniziò a riempire la vasca. Si spogliò infilando gli abiti da lavoro nella cesta della biancheria e si lasciò affondare nell'acqua calda. Si appoggiò con la schiena, lasciando che il buio dietro le palpebre chiuse la inghiottisse, mentre un'ansia indefinita serpeggiava nel suo petto.

Trascorse circa un'ora prima che si accorgesse di essersi addormentata. L'acqua era ormai fredda e da una fessura nella finestra del bagno entrava uno spiffero gelido. Ginevra si avvolse in un accappatoio bianco, e iniziò ad asciugarsi i lunghi capelli color frassino. Era molto stanca. Osservò le sue dita raggrinzite per essere rimaste troppo tempo a mollo nell'acqua e desiderò essere in vacanza, in un mare tropicale. Sorrise guardandosi allo specchio e infilò la sua camicia da notte.

Andò in cucina, aprì il surgelatore e scongelò una porzione di tortelli che aveva portato a casa dalla cucina del Mocambo. Cenò leggendo le ultime notizie sull'iPad e - dopo avere lavato i piatti - si gettò sul divano per guardare in televisione la sua serie preferita. Prima di andare a letto lo sguardo le cadde nuovamente sul libro, ma s'impose di non aprirlo. "Non voglio farmi suggestionare e avere incubi tutta la notte", disse di nuovo ad alta voce. S'infilò sotto le coperte e spense la luce.

* * * * *

Ginevra entrò al Mocambo alla stessa ora del giorno precedente. Aveva il fiato corto e lo sguardo atterrito. Angelo, il titolare del locale, le andò incontro vedendola bloccata sulla porta. "Tutto bene, Gin?" Le domandò aiutandola a sedersi.

La ragazza non riuscì a rispondere. Stringeva al petto con entrambe le mani il libro nero, in una morsa che avrebbe potuto stritolare un gorilla.

Angelo le preparò un caffè con la moka e si sedette con lei al tavolo. "Mi stai facendo preoccupare," le disse prendendole la mano. "Sei fredda gelata... e non hai un bell'aspetto. Ti porto a casa?".

Ginevra scosse il capo. "No, grazie," gli rispose. "Ho avuto solo un capogiro. Mi metto subito al lavoro".

"Se non stai bene posso cavarmela benissimo da solo," disse lui con tono gentile.

Ginevra provò a sorridere. "Tranquillo, ora va meglio".

Avrebbe voluto raccontargli del libro e di quella strana frase scritta a matita, ma si sentiva sciocca. Non poteva che essere uno scherzo. Solo uno stupido scherzo. Quando fu in cucina, certa di essere sola, aprì il libro nero e lesse ancora una volta la macabra chiosa: "*Verrò a prenderti tra 24 ore*".

Iniziò a tremare come una foglia. In quel momento Angelo entrò con in mano una copia del quotidiano locale, indicando una foto con il dito: "ti ricordi quella signora che prendeva sempre in prestito i libri che lasciavi al parco? L'hanno trovata morta in casa sua, poverina. Era lì da almeno tre giorni".

* * * * *

Enrico, un giornalista che frequentava il Mocambo, accettò di buon grado di accompagnare Ginevra nell'archivio del quotidiano. Non capiva esattamente cosa la ragazza stesse cercando, tra le pagine dei necrologi e le notizie di cronaca nera. L'aveva sempre trovata molto carina e con lei aveva condiviso alcune letture molto interessanti. Erano stati recentemente a teatro insieme e stavano iniziando a piacersi. La vide parecchio concentrata e decise di lasciarla sola, per non sembrare invadente. "Sono in redazione se hai bisogno di una mano," le disse uscendo dall'archivio.

Lei non si voltò nemmeno. La sua mente stava navigando in un mare in tempesta. Tra le persone morte in modo improvviso e misterioso, nell'ultimo mese, almeno tre abitavano a 50 metri dai giardini. Due di loro frequentavano il Mocambo e partecipavano abitualmente al book crossing. E se il libro nero fosse finito nelle loro mani? E se davvero la loro dipartita fosse in qualche modo legata al messaggio scritto a matita? Ginevra crollò sulle ginocchia ed iniziò a singhiozzare.

* * * * *

Quella notte Ginevra non riuscì a chiudere occhio. Fissava il libro e quella frase che cambiava ad ogni ora, sotto i suoi occhi, in un lugubre conto alla rovescia. Quando il buio della notte cominciò ad essere soverchiato dai primi raggi di sole, si alzò dal letto con movimenti meccanici, indossando il suo abito preferito come un'armatura fragile contro ciò che l'attendeva, pettinandosi i capelli con una cura che sapeva di rituale d'addio, prima di varcare la soglia di casa, verso l'ignoto.

Si sedette su una delle panchine dei giardini ed aprì il libro. La frase era cambiata ancora una volta. *"Verrò a prenderti tra 2 ore"*. Aveva riflettuto a lungo su come avrebbe speso le sue ultime ore. Ormai si sentiva pronta ad incontrare la Mietitrice. Così prese una penna ed iniziò a scrivere sulle pagine bianche del tomo. "Mi chiamo Ginevra e sono ancora viva. La morte è una cosa triste, ma fa parte della vita, come il sorgere del Sole o il profumo delle rose. La morte e la vita fanno di noi ciò che vogliono, è inevitabile. Ho vissuto ogni attimo della mia vita con intensità, assaporandolo fino in fondo, nel bene e nel male. Non ho mai pensato di vivere in eterno, ma ho sempre sperato che la Morte - al suo arrivo - mi trovasse viva. E così sarà".

Terminata la sua glossa, Ginevra si sentì in pace. Chiuse il libro, si distese sulla panchina ed attese che si compisse il suo destino. Trascorsi pochi minuti, scemata ogni tensione, si addormentò.

* * * * *

Adriel, un altro dei ragazzi che lavoravano come camerieri al Mocambo, la svegliò con una carezza. "Sei strana in questi giorni," le disse dolcemente. "Ti ho lasciato riposare un paio d'ore, ma comincia ad esserci gente e devi aiutarmi con cappuccini e brioche".

Ginevra si alzò di scatto, spaesata. Aveva il sole negli occhi e un braccio le si era addormentato sotto il peso del corpo. Un tuffo al cuore la riportò alla realtà. "Dov'è il libro?" domandò quando si accorse che non era più sulla panchina.

"Quel vecchio volume nero?" domandò Adriel aiutandola ad alzarsi. "Prima è passato un tizio in bicicletta che cercava qualcosa da leggere. Gli ho detto che poteva prenderlo. Ho immaginato fosse il tuo book crossing quotidiano".

Per Ginevra fu come emergere da un brutto incubo, con ancora un piede incastrato nella tela del sogno. Per un attimo ripensò a ciò che era accaduto negli ultimi 2 giorni, al libro nero, alle sue maledettissime pagine bianche, all'annotazione a matita che annunciava l'ora della sua morte, a quell'occhio sbarrato che la fissava dalla copertina. Dapprima le balenò nella testa l'idea che, portando via il libro prima dello scadere del conto alla rovescia, quel tizio in bicicletta si fosse preso anche la relativa maledizione. Poi provò a rifugiarsi nella ragione. Desiderava solo dimenticare il più in fretta possibile quella brutta esperienza. Mentendo a sé stessa, se necessario.

* * * * *

Due giorni dopo Angelo arrivò al Mocambo di buon'ora. Era il giorno libero di Ginevra e la sera prima un gruppo di studenti aveva messo un po' a soqquadro il locale. Si legò in vita il grembiule, prese una scopa ed iniziò a spazzare il pavimento. Pochi istanti dopo udì il rumore di una frenata seguito da un forte impatto. Si precipitò in strada e vide che un autobus era fermo vicino all'edicola. L'autista era sceso e gridava guardando sotto l'avantreno del suo mezzo. Si avvicinò e notò che una bicicletta era schiacciata sotto una ruota. Un uomo era riverso a terra. Immobile. Un gruppo di passanti si affrettò a prestare soccorso, ma presto fu evidente a tutti che per la vittima dell'incidente non c'era più nulla da fare. "Conosci questa persona?", gli domandò l'edicolante. "L'ho visto un paio di giorni fa al parco. Era sulla sua bicicletta e chiacchierava con Adriel. C'era anche Ginevra se non ricordo male, sdraiata sulla panchina", rispose Angelo, togliendo dalla strada un libro che doveva essere caduto all'uomo rimasto ucciso. "Poveraccio, che morte terribile".

Arrivarono i soccorsi insieme alle forze dell'ordine che fecero allontanare tutti dal luogo dell'incidente.

Angelo tornò al Mocambo. Varcata la soglia si accorse di avere ancora in mano il volume con la copertina nera. Istintivamente lo aprì e si accorse che tutte le pagine erano bianche. Tutte tranne la seconda di copertina, dove a matita era appuntata una frase.

"Verrò a prenderti tra 48 ore".

BLOSSOM 32

Non c'è suono nello spazio profondo. Gelsomino fu molto felice di sentire il chiasso del bar appena le tre barriere di titanio si schiusero di fronte a lei.

Aveva viaggiato per due settimane sulla *Lampada di Aladino*, il suo cargo che trasportava ghiaccio solido dalle lune di Giove fino alla fascia di asteroidi, e non ne poteva davvero più dei cieli stellati e dei suoi compagni di volo olografici. Aveva disperatamente bisogno di parlare con qualcuno che fosse reale, fatto di carne e ossa.

Sull'asteroide *Blossom 32* i primi coloni terrestri avevano pensato di aprire un bar vecchio stile, con tavoli in legno e bicchieri di vetro, cosa assai rara nello spazio. Lo avevano chiamato Mocambo, in onore della prima navetta che era atterrata alla ricerca di oro e metalli preziosi.

Gelsomino sfilò l'elmetto, liberando la cascata di capelli rossi che le incorniciavano il volto. Le lentiggini danzavano sulla sua pelle diafana alla luce soffusa della camera di decompressione. I suoi occhi verdi scintillavano, vivaci, mentre procedeva con gesti fluidi a liberarsi della tuta spaziale, sotto lo sguardo attento e severo della guardarobiera, una donna che sapeva incutere rispetto e una punta di timore nei cuori di chiunque osasse avvicinarsi al suo regno di appendiabiti e scaffali polverosi. Le labbra sottili della mutante erano perennemente arcuate in un'espressione di severo disappunto, come se ogni richiesta fosse un disturbo alla sua solitaria esistenza tra gli scaffali e le grucce.

Dopo averle timidamente affidato anche la sua pistola, Gelsomino abbozzò un sorriso e si diresse verso il bancone del bar. Il tessuto tecnico della divisa che indossava sotto la tuta spaziale cedette, svelando le forme armoniose del suo corpo, in un gioco di ombre e luci che ne accentuava l'innata sensualità. Respirò profondamente, assaporando quell'aria intrisa di aromi di cucina che non aveva mai smesso di desiderare per tutto il tragitto. Si sedette su uno sgabello in legno scuro e ordinò da bere.

Un astice le si avvicinò camminando sul bancone. "Posso offrire io questo giro?", chiese con fare estremamente educato.

"Perché no," rispose la ragazza, sfoggiando il suo migliore sorriso. Avrebbe preferito incontrare un marine della vigilanza colonica, ma si accontentò di poter chiacchierare finalmente con qualcuno, fosse anche un crostaceo mutante.

"Mi chiamo Lucas," si presentò l'astice. "Lucas Chambrette".

Gelsomino tese la mano verso una delle sue chele. "Sono tutte così gentili le aragoste da queste parti?"

Lucas non le fece notare l'errore. Era abituato al fatto che gli umani confondessero astici e aragoste. *Sono andati nello spazio, ma ancora non riescono a memorizzare che gli astici hanno chele enormi, decisamente molto visibili, mentre le aragoste no*", pensò.

"Solo quelle che non finiscono nei piatti dello chef," scherzò il crostaceo. "Ho visto la tua nave, niente male per un trasporto merci".

L'astronauta sorrise. Era molto orgogliosa della sua *Lampada di Aladino*. Aveva lavorato sodo per potersi permettere questo salto di qualità, e da quando poteva contare su un mezzo dotato di *reattori Torrison* di ultima generazione i suoi affari andavano a gonfie vele.

Il cameriere, un terrestre con una faccia che sembrava un mocassino, allungò due bicchieri di cactor, una miscela di alcol e succhi estratti dai frutti di alcune piante grasse create in laboratorio nelle serre di Ganimede. Con un dispositivo scansionò la retina del crostaceo e ringraziò per la mancia.

Gelsomino ingoiò un sorso di quella bevanda e si appoggiò con i gomiti al bancone. Era una donna molto bella, sulla quarantina. Fisico asciutto, tonico. Capelli rossi, mossi, a mezza lunghezza. I suoi occhi erano di un verde inusuale e contribuivano a farla sembrare molto sicura di sé.

"Che aria tira da queste parti?", chiese al piccolo mutante.

"Se ne stanno andando anche le ultime due compagnie rimaste. Sembra che nelle miniere non sia rimasto nulla da estrarre. L'asteroide ha più buchi di una forma di gruviera e tra i coloni serpeggia un certo malumore. Tutto nella norma, direi".

La ragazza sorrise. L'ultima volta che era stata su Blossom 32 un soldato con cui aveva passato la serata le aveva raccontato più o meno la stessa storia.

"Hai qualcuno che ti aspetta a casa?", domandò con una certa audacia l'astice, sorseggiando il suo drink con una cannuccia.

"Il mio cane", tagliò corto lei. "E un server pieno di film da guardare".

"Ora capisco perché sei entrata in questa bettola sorridendo. Una scazzottata al Mocambo sembra un programma migliore rispetto ad una serata sul divano ad accarezzare un cane guardando un vecchio film".

Gelsomino si avvicinò al crostaceo. "Hai un programma migliore da suggerire?"

Il suo sguardo avrebbe intimidito un automa, ma il mutante non si scompose. "Sposami e potrai scoprirlo".

La donna scoppiò in una fragorosa risata. Ordinò altri due bicchieri di cactor e tornò a fissare quell'audace avventore. "Non sei uno che gira attorno alle cose," disse. "Ma temo di essere costretta a declinare. Non ho nessuna intenzione di farmi mettere un cappio intorno al collo. L'ultima relazione che ho avuto è finita con un uomo in ospedale e una donna in fuga verso l'astroporto".

In quel momento la porta del Mocambo si aprì e fece il suo ingresso un altro avventore. Indossava un'uniforme militare per attività extraveicolari, senza gli accessori per i conflitti a fuoco nello spazio. Venne immediatamente bloccata dalla guardarobiera, la cui voce, un grugnito basso e gutturale, non si alzò mai oltre il mormorio, nemmeno per impartire ordini non negoziabili.

L'astronauta alzò la voce, provò a protestare vivacemente, ma alla fine con un gesto di stizza sganciò la sua pistola laser d'ordinanza dalla cintura, l'affidò alla guardarobiera e si sfilò il casco. Una lunga chioma bionda, raccolta secondo le usanze lunari, sferzò l'aria. Era una donna bellissima, con due occhi azzurri come il cielo d'estate. Si tolse anche la tuta e si avvicinò al bancone con passi decisi.

"Datemi qualcosa da bere, prima che rompa la testa a quell'idiota al guardaroba", disse infilandosi tra Lucas e Gelsomino.

Il cameriere mise sul bancone tre bicchieri di cactor e solo allora la donna si accorse di averli interrotti.

"Scusatemi, sono stata maleducata," disse facendosi da parte. "Sono il capitano Morgan Bones, della marina terrestre".

L'astice fece il saluto militare con la sua chela e si presentò. "Guardiamarina Lucas Chambrette, in congedo dalla Blue Discovery".

"Molto lieta," rispose il militare stringendogli la chela, "ho saputo dei vostri successi contro i ribelli di Asimov 44. Una bella vittoria!"

"Abbiamo avuto fortuna," minimizzò il crostaceo. "Non si aspettavano che gli piombassimo addosso con tutta la flotta".

"Mi scuso per avervi interrotto, la signora è una pilota?"

"La migliore," scherzò l'altra astronauta. "Mi chiamo Gelsomino e sono arrivata da poco su Blossom 32. La mia nave è ormeggiata allo scalo merci dello spazioporto".

"Devo averla vista arrivare. Non si vedono molti reattori Torrison in questo sestiere".

All'interno del Mocambo, gli schermi sparsi qua e là offrivano un vero e proprio buffet visivo di notiziari e annunci pubblicitari, tutti partoriti da sofisticate intelligenze artificiali. Queste ultime, addestrate da un regime che imponeva il politicamente corretto come se fosse l'ultimo grido della moda intergalattica, avevano trasformato i contenuti in una sorta di zuppa insipida, così uniforme che era diventato un gioco per i clienti ubriachi cercare di indovinare se stavano guardando una catastrofe planetaria o l'ultima pubblicità di un lubrificante.

Un umano anfibio con la pelle squamosa, mutato per lavorare nelle cave sommerse di Cerere, afferrò una larva dal piatto degli stuzzichini, la infilò in un bicchiere di latte rancido e ingoiò il tutto. Poi si alzò in piedi e, barcollando, si diresse verso un corridoio illuminato da neon gialli in fondo al quale si intravedeva un portale luminescente che emetteva un ronzio discontinuo e fastidioso.

"Il bagno non è da quella parte", provò a gridare la guardarobiera appena lo vide incespicare verso il portale giallo, ma il mutato non si accorse dell'avvertimento e varcò la soglia.

Si udì un suono che sembrava un urlo, fioco e lontanissimo, e per un'istante il corridoio parve deformarsi, come in un'allucinazione.

I tre al bancone continuarono a chiacchierare senza dare peso all'accaduto, consumando parecchi drink, fino a rimanere gli ultimi avventori nel bar.

"Per essere un astice riesci a trangugiare più alcol di un minatore," dichiarò il capitano Morgan ordinando un altro giro di cactor. La sua pelle bianca come il latte iniziava a colorarsi. Sulle sue guance si stava diffondendo un lieve rossore, e la sua risata non era più contenuta da un pezzo.

"Questione di abitudine," rispose il crostaceo senza scomporsi. "Qui non ci sono molti passatempi, ma una bevuta in buona compagnia è una cosa rara e deve essere onorata".

"Sembra che la luce delle stelle renda tutti più brillanti," commentò Gelsomino sfiorando distrattamente la mano della militare mentre cercava il suo sguardo.

"Potrebbe essere l'atmosfera artificiale. Chissà quali gas mescolano all'ossigeno in questa bettola per coprire i cattivi odori," disse ridacchiando Lucas. "O magari è solo la chimica interspaziale che stiamo sperimentando. Dovremmo condurre ulteriori... ricerche per essere sicuri".

Morgan si avvicinò con il volto al capo dell'astice. "Sarò pure un soldato, ma sono sempre stata una grande fan della ricerca sul campo. Soprattutto quando riguarda nuove e misteriose connessioni."

Le antenne di Lucas iniziarono a vibrare. "Sarebbe un grande onore contribuire alla scienza! Dopotutto, chi potrebbe resistere all'idea di esplorare l'ignoto in compagnia di menti così brillanti".

"Allora brindiamo alla scienza e alle nuove frontiere," esclamò

Gelsomino alzandosi dallo sgabello. "Chi può sapere quali misteri sveleremo, ma temo che la mia vescica non possa reggere un minuto di più". Il capitano la seguì, nel rispetto dell'antica usanza che vuole che le donne vadano sempre al bagno in coppia. Superato il corridoio con il portale giallo, dove alcuni addetti alla sicurezza stavano posizionando dei sigilli, trovarono la porta giusta. I servizi igienici del Mocambo erano più puliti di quanto entrambe si aspettassero, anche grazie all'impiego di batteri studiati in laboratorio per mantenere sterili gli ambienti delle astronavi.

Quando entrambe ebbero finito di liberarsi dei liquidi in eccesso si sciacquarono le mani e si profumarono la pelle con i diffusori di essenze. Poi, all'improvviso, il capitano Morgan afferrò Gelsomino per le spalle e la baciò intensamente. La ragazza non oppose resistenza.

Nella sala del Mocambo, l'astice pagò il conto e ingoiò l'ultimo sorso del suo cocktail. Scese dal bancone e si avvicinò alla porta del bagno. "Se le signore hanno finito con i convenevoli," disse, "sarei felice di accompagnarle in camera".

Le due donne uscirono dal bagno con un sorrisetto malizioso dipinto sul volto. Presero l'astice per le chele e insieme salirono al piano superiore.

BRACCIALUNGHE

La chiesa di Sant'Ambrogio fu costruita nella seconda metà del 1400, sopra le rovine di un altro tempio, nel cuore della città di Alassio. In quei tempi non erano ancora state erette le mura a difesa del nucleo abitativo del borgo, e le incursioni piratesche erano all'ordine del giorno. Tuttavia, nonostante le scorribande, le successive guerre e - peggio ancora - le orde di turisti di fine millennio, il luogo di culto aveva conservato fino ad oggi tutto il suo splendore.

Don Ferdinando stava osservando alcuni ragazzi della diocesi mentre pulivano il portale in ardesia che caratterizzava la facciata dai graffiti che erano comparsi nella notte, quando udì una voce maschile richiamare la sua attenzione. Si voltò e vide un uomo sulla quarantina che indossava un'assurda maglietta con i colori della bandiera americana, e in mezzo al petto una rana che suonava una chitarra elettrica. Questi gli si avvicinò cautamente e lo pregò di potergli parlare in privato.

Don Ferdinando era un uomo schivo, talvolta definito burbero da chi lo conosceva superficialmente. Tuttavia dare retta alle problematiche dei fedeli faceva parte dei suoi uffici, e non poteva tirarsi indietro. Aveva passato i 60 da un pezzo, ma poteva contare su un fisico ancora in perfetta forma. Era solito tuffarsi in mare ogni mattina, nelle stagioni che lo consentivano, e nuotare per almeno mezz'ora, lontano dalle sue incombenze e dalle noie dei fedeli. Ai tempi del seminario era stato un ragazzo bellissimo, attirando su di sé non pochi pettegolezzi. Lineamenti decisi, sguardo penetrante, barba appena accennata. A quarant'anni, quando i suoi capelli corvini iniziarono a diventare bianchi, qualcuno iniziò a ravvisare una somiglianza con l'attore americano George Clooney, tanto che i ragazzi del catechismo lo chiamavano Padre Clooney per prenderlo in giro.

Senza perdersi in convenevoli invitò il visitatore ad entrare in chiesa; cammino con passo svelto fino alla sacrestia e, quando furono arrivati nel suo ufficio, gli indicò una sedia. Poi si appoggiò con la schiena al muro e provò ad abbozzare il suo migliore sorriso.

In mano, Don Ferdinando stringeva il suo vecchio rosario, un oggetto che sembrava quasi parte integrante della sua persona. Le perle di legno, lisce e consumate dall'uso, scorrevano lentamente tra le dita rugose del prete, ognuna silenziosa testimone delle innumerevoli preghiere e meditazioni che avevano accompagnato nel corso degli anni. Il legno, un tempo profumato, ora portava il solo sentore di antico, di storie raccontate e ascoltate, di segreti sussurrati nella fiducia del sacramento della confessione.

"Mi dica," gli sussurrò provando a dimostrarsi il più interessato possibile, "come posso esserle d'aiuto?"

Il forestiero tentennò prima di iniziare a parlare. "Io non sono un uomo di fede, ma credo di avere bisogno del parere di un esperto riguardo... una certa questione..."

Il prete si ricordò che le donne del coro sarebbero passate a trovarlo in mattinata per lamentarsi di come la loro controparte maschile stava gestendo gli orari delle prove. Alzò gli occhi al cielo e tornò a concentrarsi sullo strano visitatore. "Vada avanti," gli disse fingendosi interessato. "Questa è la casa di tutti, anche di chi non ha ancora trovato il sentiero per farvi ritorno".

L'uomo con la strana maglietta prese un profondo respiro. "Mi chiamo Luigi e vengo in questa località di villeggiatura quasi tutti gli anni, fin da bambino". Appoggiò entrambe le mani alle ginocchia, come per trovare la forza di continuare. "Ha presente il locale specializzato in hamburger sul lungo mare?"

Don Ferdinando annuì, anche se non era certo di avere capito di quale caffè o ristorante si trattasse.

"Quando ero piccolo, al posto di quel locale c'era un bar che vendeva gelati. Si chiamava Mocambo. Non ricordo se sull'insegna la parola Mocambo era scritta con la lettera C o con la K, ma il nome era più o meno quello. Dietro al bancone lavorava una ragazza. Era giovane e carina, ma aveva uno sguardo tremendamente triste. Non penso di averla mai vista sorridere, nonostante avesse a che fare con bambini e famiglie tutto il santo giorno".

Luigi si accorse che il prete stava tamburellando con le dita e cercò di essere più sintetico.

"Una sera chiesi a mia mamma di comprarmi un gelato. Era quasi ora di cena e, nonostante i miei ripetuti capricci, lei fu ferrea nel negarmelo. Ricordo che uno dei miei amichetti di allora, un ragazzino di nome Luca che avrà avuto al massimo 12 anni e che le mie vicine d'ombrellone soprannominavano Lucignolo mi convinse a disobbedire. Ho chiaro in mente il suo sorrisetto mentre leccava un gelato enorme e particolarmente invitante. Con il suo aiuto e frugando nelle tasche dei miei pantaloncini riuscii a mettere insieme 800 lire, una somma sufficiente ad acquistare il cono più piccolo. Corsi al bar e ordinai il gelato, accompagnato da mia mamma (estremamente contrariata) e dal ragazzino che mi aveva incoraggiato". Prese un profondo respiro prima di continuare. "La ragazza dallo sguardo triste prese i soldi e mi servì l'agognato gelato, ma appena lo presi in mano mi cadde a terra, senza che riuscissi nemmeno ad assaggiarlo".

Il prete pensò che di tutte le confessioni e le storie che era stato costretto ad ascoltare negli anni, questa poteva ambire al podio. "Suvvia figliolo, credo che vostra madre vi abbia già perdonato per questo piccolo atto di ribellione", si affrettò a dire. "Quanti anni saranno passati? Trenta? Le sarà servito per imparare che il diavolo fa le pentole e non i coperchi".

Luigi fissò il crocefisso appeso in sacrestia. Era molto semplice e povero; la raffigurazione di Cristo sembrava compassionevole.

"Ecco... Il diavolo... La ragazza triste non era l'unica a lavorare nel locale", continuò. "Dietro di lei c'era la porta della cucina, una strana porta gialla diversa da tutte le altre, dalla quale si udivano rumori di stoviglie e colpi di tosse. Non ho mai visto nessuno uscire da quella stanza. Allora, tra bambini, si scherzava su quale aspetto orribile potesse avere la persona che stava in cucina, tossiva e sicuramente sputava nei panini della gente... Pensavamo fosse un uomo; lo chiamavamo Braccialunghe perché Luca ci aveva raccontato di avere intravisto l'ombra di un signore con arti lunghissimi brandire un lungo coltello..."

Luigi attese un attimo prima di proseguire il suo racconto. Tornò con lo sguardo sul volto di quel Cristo compassionevole e con un filo di voce sussurrò: "Braccialunghe ci faceva una paura terribile. Pensavamo fosse il diavolo in persona".

Don Ferdinando non amava si scherzasse con il diavolo. Aveva assistito ad esorcismi e riti che ogni creatura sulla Terra preferirebbe dimenticare, e al solo nominare l'innominabile provava un senso di disagio.

"Vengo al dunque", continuò il forestiero. "Oggi sono entrato a prendere un hamburger nel nuovo locale. Non c'erano molti avventori. Due ragazzi dall'aria smarrita, seduti ad un tavolino, e una donna avanti con l'età che beveva rumorosamente una bibita. Alla cassa c'era una ragazza carina. Aveva lo stesso sguardo triste della giovane che mi aveva servito il gelato quando avevo 10 anni. Diversamente dall'altra che aveva capelli corvini, questa era bionda. Se non fosse stato per la chioma avrei giurato fosse la stessa persona di trent'anni fa. Mentre ordinavo il mio hamburger ho visto che alle sue spalle la porta della cucina era aperta. Era la stessa porta gialla, ne sono quasi certo. È una porta di legno che sembra molto antica e, come ai tempi della gelateria, stona con il resto dell'arredamento. Volevo accertarmi che si trattasse di un ambiente pulito, così mi sono seduto in modo da poter sbirciare all'interno. Il cuore mi è esploso in gola quando ho visto quell'ombra armeggiare con le griglie e le friggitrici. Sembrava un uomo, molto alto e leggermente ricurvo. Sarà stato un gioco di luci, ma pareva avesse davvero gli arti molto più lunghi del normale... troppo lunghi rispetto al busto e alla testa. Si muoveva sulle gambe in modo incerto e... Continuava a tossire, contorcendosi in modo innaturale".

"Magari il proprietario del locale è lo stesso di allora," ipotizzò il prete. "Un uomo che soffre di asma e affetto da qualche patologia. Con trent'anni di più sulle spalle. È possibile che non ami farsi vedere proprio perché è malato. Quanto alla ragazza triste... Credo che lavorare in un bar ad Alassio, specialmente nella stagione turistica, possa non essere sempre divertente".

"So che può sembrare molto sciocco, ma appena la ragazza mi ha servito il vassoio con il panino e la Coca-Cola, tutto è caduto rovinosamente a terra. È stato come se una forza invisibile avesse colpito le mie mani. Prima di questo incidente nemmeno mi ricordavo del Mocambo e del mio gelato di trent'anni fa". Luigi tossì. Aveva la gola secca e il prete gli offrì un sorso d'acqua. Vuotò il bicchiere velocemente, come se avesse fretta di continuare. "Comunque la ragazza ha preso una scopa per pulire per terra, e senza nemmeno propormi una nuova ordinazione, si è messa a spazzare il pavimento in assoluto silenzio, quasi come fosse spaventata. Solo in quel momento mi sono accorto che non c'era più nessuno nel locale, né i ragazzi, né la signora anziana. Giuro che non li ho sentiti uscire, ed ero ad un metro da loro. Intanto la giovane continuava a pulire. Le assicuro, padre, che la scena si è ripetuta in modo assolutamente identico ad allora, con gli stessi tempi, gli stessi movimenti, gli stessi colpi di tosse che si udivano dalla cucina. Sembravano quasi una risata, tanto che - notevolmente a disagio - me ne sono andato di fretta". Luigi si alzò il piedi. "Quella ragazza mi fa una pena incredibile... non riesco a togliermela dalla testa. Vorrei tornare nel ristorante e provare a parlarle..."

Il parroco fu colpito non tanto dal racconto, a cui diede poco peso, ma dall'inquietudine che albergava in quell'uomo. Come poteva un episodio così sciocco averlo turbato al punto di entrare in una chiesa per cercare conforto? Notò che aveva il fiato corto e la fronte imperlata di sudore.

Chiuse la porta per evitare che le donne del coro entrassero in quella stanza senza bussare e cercò di tranquillizzarlo, offrendogli la consolazione che un prete con la sua esperienza sapeva dare a chi era in cerca di risposte. Rimasero insieme per un'altra ora, poi Luigi uscì dalla chiesa e fece ritorno a casa.

* * * * *

L'indomani Don Ferdinando andò a nuotare di buon mattino. Di norma usciva di casa quando i negozi non erano ancora aperti e, facendo ritorno alla parrocchia, ogni tanto si concedeva il lusso di un cappuccino con brioche in un bar del centro.

Si trovò a passare proprio davanti al locale di cui gli aveva parlato quello strano signore, ma a quell'ora era ancora chiuso. Si avvicinò alla vetrina per sbirciare all'interno, avvertendo uno strano senso di disagio.

"Se sta cercando anime perse non le troverà lì dentro!" La voce di un uomo gli mandò il cuore in gola. Era Fabio, il panettiere, un uomo dai modi gentili che si era arricchito vendendo focaccia ai turisti ad un prezzo di poco inferiore a quello dell'oro.

"Mi hai fatto prendere un colpo, tizzone d'inferno," lo rimproverò il prete alzando il dito in modo minaccioso. "Non ho più l'età per questi attentati".

"Non scherziamo", rise l'artigiano, "lei ci seppellirà tutti in paese. Comunque la mia focaccia è meglio delle porcherie americane che vendono in questo fast food. Io non ci sono mai entrato e non ho alcuna intenzione di farlo".

In quell'istante al parroco parve di vedere una strana ombra muoversi rapidamente all'interno del locale. La stazza importante del panettiere gli copriva in parte la visuale, ma un brivido gli si arrampicò dal coccige fino alla punta delle orecchie.

Poco dopo Fabio si congedò e Don Ferdinando s'incamminò verso la chiesa, schivando i saluti dei compaesani e cercando di non farsi incastrare in conversazioni inutili. Era infastidito e si sentiva vecchio come Noè. Gli capitava quando le cose sfuggivano al suo controllo.

* * * * *

La settimana seguente, dopo la messa, Don Ferdinando fece due passi in centro e si trovò nuovamente davanti al locale. Era aperto, e si infilò all'interno spinto dalla curiosità. La cucina non doveva essere eccezionale visto che seduti a tavola c'erano solo due ragazzi con quella che doveva essere la nonna. "Due giovani e una donna anziana che succhiava una bibita con una cannuccia", pensò, "come nel racconto di quel signore spaventato".

Il prete avvertì un crescente malessere quando si avvicinò alla ragazza dietro il bancone. Aveva effettivamente uno sguardo molto triste e il suo tono di voce era dimesso. Gli domandò cosa desiderasse mangiare e Don Ferdinando, preso alla sprovvista, si limitò ad ordinare un hamburger e un'aranciata. La giovane sparì in cucina.

Dopo pochi minuti i tre avventori uscirono dal locale ed il prete si trovò completamente solo. Il suo disagio si trasformò in nervosismo. Istintivamente infilò la mano destra in tasca ed accarezzò il suo rosario di legno. Gli era stato donato anni addietro da un monaco di Assisi, durante un pellegrinaggio, e da allora lo aveva conservato gelosamente.

Le lampade al neon emettevano un ronzio fastidioso. Una falena s'infilò in una trappola elettrica per le zanzare ed iniziò a contorcersi sfrigolando, fino a prendere fuoco, mentre nel locale si diffondeva un odore sgradevole di carne bruciata.

Stava per girare i tacchi ed infilare la porta, quando la ragazza uscì dalla cucina con un vassoio. Glielo porse da dietro il bancone e il prete andò a sedersi ad un tavolo.

Il panino aveva un aspetto invitante. La carne era abbondante e sembrava ben cotta. Don Ferdinando aveva scelto di posizionarsi proprio di fronte alla porta della cucina, dal momento che la ragazza l'aveva lasciata aperta. All'interno si intravedevano piatti e stoviglie e si udivano i passi di una persona. Assaggiò un sorso di aranciata, ma la trovò sgasata e dolciastra. Il cuoco tossì violentemente e la ragazza dietro al bancone si mise ad infilare alcune tovaglie all'interno di un grosso sacco per la lavanderia. Tra grembiuli, scampoli e tovaglioli gli parve di intravedere un lembo di stoffa a stelle e strisce che gli ricordava qualcosa.

Finalmente il parroco riuscì a vedere l'ombra del cuoco. In effetti aveva braccia e gambe troppo lunghe rispetto alle dimensioni del busto. Nella mano sinistra teneva una mannaia con cui colpiva quello che doveva essere un grosso pezzo di carne su un tagliere. Don Ferdinando non aveva ancora assaggiato il suo hamburger e gli venne istintivo appoggiarlo sul vassoio. Tra un colpo di tosse e l'altro, l'uomo in cucina sferrava colpi che facevano rimbalzare schizzi e brandelli di carne in aria. Ogni volta che la mannaia si schiantava sul tagliere, la ragazza strizzava gli occhi impaurita.

Il prete si alzò dal suo tavolo e le si avvicinò. "Va tutto bene, cara?" Le domandò con dolcezza, muovendosi con passi un po' incerti.

"Vattene via," sussurrò lei con un filo di voce. "Vattene via!"

Don Ferdinando si accorse di non essere perfettamente lucido. Gli girava leggermente la testa, come se avesse esagerato con il vino. Udiva un ronzio fastidioso provenire da dietro la porta gialla. Sentiva le gambe molli dovette appoggiarsi con la mano al bancone. All'interno della sua tasca gli sembrava che il rosario avesse preso fuoco dal calore che emanava. Non voleva lasciare sola quella ragazza; aveva la netta sensazione che qualcosa non funzionasse in quel locale. Luigi aveva ragione, c'era un che di sulfureo tra quelle mura. Si fece coraggio: "sarebbe così gentile da accompagnarmi fuori?" le domandò. "Non credo di sentirmi molto bene".

La ragazza esitò, ma subito dalla cucina si udì un colpo sordo seguito da un frastuono, come se decine di piatti si fossero sfracellati per terra. La ragazza scattò sull'attenti e, udendo un ennesimo colpo di tosse, si precipitò in cucina ad aiutare il cuoco.

Don Ferdinando si trascinò verso l'uscita e, quando fu in strada, si appoggiò al muretto di fronte al locale. L'aria fresca lo fece sentire meglio, ma le gambe gli cedettero e si lasciò cadere in mezzo alla strada.

* * * * *

Quando riaprì gli occhi scoprì di trovarsi nel suo letto. Celestina, la sua perpetua, stava ricamando seduta davanti alla finestra. Nelle orecchie aveva un fastidioso ronzio e sentiva un sapore orribile in bocca. La donna si accorse del suo risveglio e, con la massima premura, si affrettò a porgergli una tazza di té caldo. "Il dottore ha detto che vi rimetterete presto," gli comunicò. "Avete avuto solo un lieve mancamento".

"Lieve un corno," rispose lui con fare scorbutico. "Chi mi ha portato a casa?"

"Fabio, il panettiere. Stava finendo il suo giro di consegne e vi ha trovato lungo disteso per terra, in mezzo alla strada. Per fortuna è un omone robusto..."

Al parroco tornò in mente tutta la scena nel locale e il sorso di aranciata che aveva bevuto. Pensò alla ragazza che lo esortava ad andarsene e decise che sarebbe tornato per aiutarla, appena riacquistate le forze.

* * * * *

Come un carceriere del tardo medioevo, Celestina lo costrinse a letto per due giorni "su ordine del medico curante".

Quando finalmente Don Ferdinando riuscì a fuggire dalla parrocchia era quasi ora di cena. Camminò per le vie del centro fino a raggiungere il locale, ma quando arrivò a destinazione vide che la saracinesca era abbassata. Sulla porta era appeso un cartello con scritto "chiuso per cessata attività".

Entrò in tutti i bar e i negozi nei dintorni per cercare informazioni e rimase stupito del fatto che nessuno avesse mai incontrato il proprietario. In pochi si ricordavano della ragazza dietro al bancone. Era lei a portare i panni in lavanderia, a fare la spesa al supermercato e a ricevere le consegne. Eppure non c'era una sola persona che conoscesse il suo nome.

Il prete fu assalito da un senso di impotenza che non aveva mai provato nella vita. Per ultimo entrò nel laboratorio di panificazione di Fabio e gli fece le stesse domande.

"Credo si chiamasse Lilia o Lilly," provò a ricordare l'artigiano. "Era una ragazza molto taciturna. Sa come sono fatto, padre. Attacco bottone con tutti, ma con lei non c'era proprio niente da fare. E poi non voleva il mio pane... Tagliava corto, schivava le domande dirette. Pensavo di starle sulle scatole, a dire il vero".

"E il padrone?" Domandò il parroco. "Hai mai parlato con lui? Credo si occupasse della cucina".

Fabio scrollò la testa. "Mai visto. Ma perché tutta questa agitazione, Don? Ha chiuso un fast food, dovremmo festeggiare".

Don Ferdinando aveva tutto tranne che voglia di festeggiare.

Stava per rincasare quando, passando per il carruggio sul retro del locale, gli parve di vedere una debole luce muoversi all'interno. Un vecchio cancello arrugginito avrebbe dovuto proteggere il cortile nel quale erano ammucchiate casse di legno marcio e rottami di varia natura. Invece era socchiuso e il prete lo aprì. L'attrito provocò un sinistro cigolio che somigliava ad un lamento. La strada era molto buia e la luce di un vecchio lampione non bastava ad illuminare il cortile. Don Ferdinando si portò verso la finestra, inciampando nello scatolame sparso sul pavimento. Avvicinandosi scoprì che si affacciava sulla cucina. Un lumicino rosso, come quelli che si usano nei cimiteri era acceso vicino ai fornelli.

Scrutò all'interno, ma non vide nulla se non oggetti sparsi in modo disordinato più o meno in ogni angolo. Era come se tutti fossero fuggiti all'improvviso. Un coltellaccio era conficcato in un pezzo di carne intorno al quale volavano insetti. Quel pezzo di carne aveva una forma strana, allungata, ma la stanza era troppo buia per riuscire a mettere a fuoco i dettagli.

Udì uno scricchiolio alle sue spalle e si voltò di scatto. Quando tornò ad osservare attraverso la finestra scorse un'ombra muoversi sinuosamente nella sala principale. Poi il lumicino si spense.

Era buio, ma in fondo alla sala sembrava che una tenda fosse mossa dal vento. "Non può esserci vento li dentro", pensò.

C'era una piccola porta di ferro sul retro del locale. Don Ferdinando si appoggiò sulla maniglia e questa si aprì. Prese in mano il suo rosario di legno e si accorse che era caldo, come se fosse stato appoggiato ad una stufa.

"C'è nessuno?" Domandò con un filo di voce.

Non ottenendo risposta entrò in cucina e si fece largo verso il passaggio che conduceva all'altro ambiente. Ad ogni passo gli sembrava che la temperatura scendesse di qualche grado. Lo sguardo gli cadde sul tagliere che aveva intravisto dalla finestra. Il pezzo di carne sembrava il braccio di un uomo scuoiato. Scacciò il pensiero e domandò di nuovo: "c'è qualcuno qui dentro?"

A piccoli passi entrò nella sala del ristorante e vide la ragazza, ferma immobile in mezzo ai tavoli, con lo sguardo perso nel vuoto e un lumicino acceso in mano. La temperatura calò di nuovo all'improvviso, tanto che l'umidità del suo respiro iniziò a condensare fino a formare piccole nuvole di vapore.

Il prete le si avvicinò con circospezione... "Ti chiami Lilia?"

La fiamma del lumicino assunse un colore rossastro.

"Lilith", rispose senza alzare lo sguardo. "Ti avevo detto di andartene. Ora è troppo tardi". Il volto della ragazza si deformò in una smorfia di terrore, mentre con il dito indicava la porta gialla che emetteva un bagliore intermittente. "È troppo tardi", urlò a squarciagola.

Don Ferdinando avvertì la sensazione di essere toccato su un braccio, ma non c'era nessuno accanto a lui. Di nuovo qualcosa sfiorò le sue gambe, ma qualunque cosa fosse non era visibile.

Un colpo di tosse alle sue spalle lo fece rabbrividire. Si voltò di scatto e vide un uomo alto più di due metri, con le gambe e le braccia lunghe il doppio del normale e una testa molto piccola, inclinata su un lato. Il suo volto era agghiacciante. Non aveva le orbite oculari, ma solo naso e bocca. Sulla testa aveva pochi capelli, lunghi e quasi eterei, che gli ondeggiavano sul volto, come alghe mosse dalle correnti marine. Era vestito con un abito scuro, un abito classico di foggia antica, tessuto sulle sue deformità. La camicia era completamente sporca di sangue. Tossì forte, contorcendosi come una bandiera sferzata dal vento. Poi iniziò a muoversi lentamente verso di lui, brandendo una mannaia con il manico lungo.

Il prete indietreggiò e scivolò a terra, sollevando la croce del suo rosario come fosse uno scudo. "Padre Nostro che sei nei cieli," cominciò a salmodiare. "Sia santificato il tuo nome..."

Il lungo braccio della creatura lo afferrò per un piede, mentre tentava di trascinarsi lontano.

"...venga il tuo regno, sia fatta la tua volontà..."

La mannaia lo colpì di striscio, sull'altra gamba, mentre riusciva a divincolarsi dalla presa. Indietreggiò fino a sbattere contro la parete, continuando a recitare la sua preghiera: "come in cielo, così in terra... Dacci oggi il nostro pane quotidiano..."

Con un balzo la creatura gli fu addosso. Il secondo colpo gli frantumò una spalla, mentre la lama del coltello si faceva strada nella sua carne fino a piantarsi nella scapola. Il dolore gli annebbiò per un attimo i sensi. Non riusciva più a sentire il braccio, ma avvertiva il calore del suo stesso sangue che gli inzuppava i vestiti.

Era bloccato in un angolo, sovrastato da quell'essere che, curvo su di lui, ansimava e tossiva brandendo la mannaia con entrambe le mani.

Raccolse le forze e continuò a pregare. "...rimetti a noi i nostri debiti, come noi li rimettiamo ai nostri debitori... E non ci indurre in tentazione..."

Il mostro si preparò a sferrare il colpo decisivo. Si portò sopra il servo di Dio, inarcando il suo corpo allampanato e alzò la mannaia verso il soffitto, pronto a percuotere.

"...ma *liberaci dal male!*"

Le ultime parole del prete ebbero uno strano effetto sulla creatura che si immobilizzò. Don Ferdinando sapeva che il suo corpo non avrebbe retto a lungo il dolore della ferita. Stava perdendo molto sangue, troppo per un uomo della sua età, ma sperava ancora di poter salvare la ragazza. "Scappa!" Le gridò con le sue ultime forze, stringendo il rosario come fosse l'unico scoglio durante una tempesta.

"Non posso fuggire," rispose lei con lo sguardo perso nel vuoto. "Non esiste luogo in cielo e in terra dove io possa andare".

Il prete tornò a guardare la creatura, ancora bloccata in quella posizione grottesca. Poi fu costretto ad arrendersi. Chiuse gli occhi e si lasciò cadere, mentre il buio lo avvolgeva.

* * * * *

Celestina accompagnò il parroco fuori dall'ospedale di Savona, spingendolo sulla carrozzina che gli infermieri avevano messo a disposizione. Era furioso perché da giorni cercava di convincere i Carabinieri e la Polizia a concentrare i propri sforzi sulla ricerca della ragazza scomparsa. Era stato attento a non descrivere il suo aggressore come una creatura inquietante, in modo da non passare per un visionario. Si era limitato a tratteggiarlo come un uomo molto alto e longilineo, con gli arti un po' più lunghi del normale, probabilmente affetto da una grave malattia.

Salendo sull'ambulanza che lo avrebbe riportato a casa, Don Ferdinando prese il suo rosario. Il legno era annerito, come se le fiamme avessero provato a divorarlo. Nonostante fosse un oggetto vecchio e povero, non si era arreso. Lo strinse tra le mani e iniziò a pregare.

L'ULTIMO SOGNO

Gent.ma

Dott.ssa Julienne Claviere

Dipartimento di Scienza

Laboratori di Ricerca "La Russe"

Rue Gaston Bachelard 214

Lione - Francia

Preg.mo

Prof. Lorenzo Di Martino

Neuroware Inc.

124 Ludwig Binswanger Street, Chicago

Illinois - USA

Cari Juli e Lorenzo,

vi sembrerà strano ricevere una lettera di carta, al giorno d'oggi. Leggendola capirete perché non mi sono affidato a un'email. Mi serve la calma che solo una penna e un foglio possono darmi. Ho bisogno di parlarvi di una cosa estremamente importante. Oserei dire vitale. E voi sarete le uniche due persone al mondo a conoscere la verità.

Vi siete mai accorti di quanto i sogni possano condizionare la nostra vita? Siete mai rimasti turbati per un giorno intero dopo un incubo? Avete mai baciato una persona in un sogno, per poi scoprirvi innamorati il giorno dopo? So che vi è accaduto, almeno una volta. La scorsa settimana ho letto che, mediamente, un uomo trascorre 23 anni della propria vita dormendo e 4 di questi anni sognando. Ci pensate? Grazie al sonno, ogni notte il nostro inconscio prende il controllo, chiudendo in gabbia la ragione. I nostri istinti primordiali possono finalmente vagare a caccia di desideri, infrangere i tabù, catturare le pulsioni, ricodificarle e rispedirle al cervello perché possa tessere le sue allucinazioni. Sfortunatamente ricordiamo solo minuscoli frammenti di ogni sogno. Lampi, della durata di pochi secondi. Istanti che sembrano ore. L'inconscio è pratico, spietato, sincero. Svela le nostre paure, quelle che ognuno fatica a seppellire con la ragione durante il giorno. Rivela i nostri desideri, quelli che cerchiamo di nascondere a noi stessi e agli altri. Desideri che condizionano le nostre scelte di vita.

La forza dirompente dei sogni mi ha sempre affascinato, e continua a farlo anche oggi, alla vigilia del mio ultimo *tripdown*. Ma di questo vi parlerò più avanti.

I sogni sono in grado di condizionare i nostri sentimenti e le nostre azioni nel quotidiano. Questo accade perché ogni esperienza che viviamo è sempre autentica, indipendentemente dal fatto che avvenga nella dimensione che chiamiamo realtà, o in quella che definiamo onirica.

Coscienza diurna e incoscienza notturna sono polarità e si compensano reciprocamente. Ogni persona matura, progredisce e cambia in base alle esperienze vissute nel corso della propria vita, ma anche grazie a quello che accade nelle fantasie notturne.

Ovviamente non sono l'unico uomo ad avere dedicato la vita allo studio dei sogni. Sigmund Freud fu tra i primi a ritenere che le visioni oniriche rivelassero i nostri desideri repressi. Provò a cimentarsi nell'analisi e nell'interpretazione dei sogni, ma le sue basi erano ancora troppo incerte. Carl Gustav Jung intuì che i sogni potevano aprire scorci sul futuro, ma si limitò a valutarli con il metodo prospettico, solo in ambito psicologico.

Io ho sempre puntato molto più in alto. Se sogni della durata di pochi istanti possono condizionare così tanto l'uomo, cosa accadrebbe se qualcuno fosse in grado di manipolarli? Mi sembra di vedervi sorridere. Mi spiego meglio. Se, solo per ipotesi, esistesse una macchina in grado di accedere all'inconscio delle persone mentre esse dormono, con un software che consenta di dirigere i loro sogni come un regista cinematografico, muovendo gli attori come marionette, decidendo ogni battuta, ogni location... Se il congegno, sempre solo per ipotesi, potesse amplificare l'influenza dei sogni sui sentimenti, portando all'estremo ogni emozione... Di quale infinito potere potrebbe disporre il padrone di questa tecnologia?

Pensateci. Potreste proiettare nella testa del Presidente degli Stati

Uniti incubi raccapriccianti sulla pena di morte per indurlo a renderla illegale. Riuscireste a far vivere sogni mozzafiato alla vostra attrice di Hollywood preferita, naturalmente in vostra compagnia, per fare in modo che si interessi a voi. O semplicemente divertirvi a rendere un inferno la vita della professoressa di filosofia che vi dava il tormento ai tempi del liceo.

Ecco, si dà il caso che questa macchina esista davvero. Ho contribuito a sviluppare il progetto per l'esercito americano, ma dopo anni di tentativi andati a vuoto il team originale è stato sciolto e sono andato avanti da solo.

Questo è il momento in cui, di solito, chi mi ascolta comincia a pensare che io sia pazzo. Un po' devo esserlo diventato davvero a furia di sperimentare la macchina su di me. Ma di ciò vi parlerò più avanti.

Vengo a spiegarvi lo scopo di questa lettera. Voi siete gli unici di cui credo di potermi fidare. Nonostante le cose orribili che vi ho fatto. Ed è ancora più grave il fatto che non ve ne siate neppure accorti.

Non so davvero da dove cominciare...

Ho commesso tanti sbagli nella mia vita, soprattutto da quando ho progettato questa tecnologia. So di non poter rimediare a questi sbagli, ma ho il dovere di impedire che questa macchina finisca in mani sbagliate. E sento il bisogno di confessare.

Juli, il mio primo pensiero è per te. Il giorno del nostro matrimonio è stato il più bello della mia vita. Quando me ne sono andato, sapendo che non sarei più tornato nella nostra casa, è stato il primo di una lunga serie di giorni insopportabili. La mia vita senza di te è priva di senso, ma ora capirai perché non riuscivo più a vivere la nostra relazione come avresti desiderato. Come i primi giorni.

Ho iniziato i miei esperimenti sulla macchina dei sogni circa 15 anni fa, senza condividere i risultati con il resto del team. Avevo già la sensazione che i militari si stessero stancando di investire su di noi. Sviluppare una variante del virus Ebola era una scelta economicamente più vantaggiosa. Allora non avevo ancora il software di cui dispongo oggi, per cui definirei le mie prime incursioni nei sogni decisamente "selvagge". Ho fatto io stesso da cavia ai primi esperimenti, confidando che il casco neurale non mi friggesse il cervello.

Ti sognavo spesso in quel periodo, prima di completare la macchina. Eri appena stata assunta nel team del prof. Kroshov e ti incontravo nella sala ristoro riservata ai ricercatori. La chiamavamo "il Mocambo" perché sembrava davvero un villaggio di anime perse, come quelli che fondavano gli africani deportati in Brasile ai tempi delle colonie. Mi colpirono i tuoi modi gentili, la tua curiosità, la tua determinazione. Tipica di chi ha lottato, di chi si è fatta da sola.

Ricordo il profumo che usavi in quegli anni, con note d'ambra e di agrumi. I tuoi capelli lunghi ne spandevano deboli vampate ad ogni movimento. Sei senza dubbio la cosa più bella che sia mai entrata in quel centro di ricerche. Sei quanto di più meraviglioso mi abbia donato la vita. In ogni caso il fatto che ti sognassi così spesso deve avermi aiutato nel primo *tripdown* in cui sono riuscito a creare un legame onirico con qualcuno. Tutto è avvenuto per una serie di casualità. Sono entrato in un tuo sogno. Stavi nuotando in una splendida laguna, io mi sono avvicinato a te e ti ho baciata. Abbiamo fatto l'amore sulla spiaggia, e poi siamo rimasti abbracciati a guardare le stelle.

Ricordi questo sogno, Juli?

Quel sogno è stato creato artificialmente dai miei desideri, amplificati dal casco neurale. Da quel primo esperimento tu hai iniziato a notarmi. Ti sei fatta sempre più vicina. Grazie al ponte emotivo che si era creato nella dimensione onirica, altre volte ho potuto visitare i tuoi sogni, arrivando ad aggiungere intenzionalmente qualche ingrediente. Abbiamo vissuto avventure ispirate ai libri della mia infanzia. Ricordi qualcosa? Le tigri di Mompracen? La nave di Long John Silver?
Ci siamo sposati meno di un anno dopo quel primo *tripdown*.
La felicità che provavo era così profonda che il mio interesse per la ricerca svanì, lasciando spazio al pieno godimento di ogni momento trascorso insieme. Nei primi anni, abbiamo esplorato il

mondo, immergendoci in avventure autentiche che superavano qualsiasi sogno. Ma un pensiero fisso minacciava costantemente quell'overdose di felicità. Gli scienziati, come sai perfettamente, vivono di dubbi e di domande. Una in particolare ha lentamente corroso le fondamenta del nostro rapporto.

Mi avresti mai amato se non fossi entrato nei tuoi sogni? Quanto la macchina ti aveva influenzata? Eri davvero innamorata di me o i tuoi sentimenti erano solo il frutto di una manipolazione mentale? Il dubbio è diventato ossessione. Non potevo avere una risposta, ma era mio dovere liberarti dal giogo. Così me ne sono andato, lasciandoti libera.

Ora conosci la verità, ma devo chiederti un ultimo favore...

Lorenzo, ho una confessione anche per te, amico mio. Ci tengo che tu sappia che senza il tuo software, la macchina non avrebbe mai funzionato correttamente. Il *tripdown* selvaggio ha conseguenze spesso incontrollabili, pericolose. Con Juli credo abbia amplificato i miei desideri repressi, creando una sorta di ponte emozionale che ha collegato le nostre menti. Ma, come dicevo, tutto è avvenuto quasi per caso. Il tuo codice, invece, avrebbe potuto cambiare ogni cosa, consentendomi di entrare nei sogni di ogni donna o uomo sulla Terra, diventandone il regista.

Non ho mai incontrato un uomo della tua intelligenza, ma la tua ricerca procedeva troppo lentamente. Avevi bisogno di maggiori stimoli e ho fatto in modo che li avessi, che ti concentrassi solo sul tuo lavoro, lasciando perdere quella ragazza che giocava con i tuoi sentimenti rendendoti meno produttivo sul lavoro, i tuoi amici, gli sport, la tua famiglia in Italia da cui tornavi troppo spesso. Soprattutto ho giocato con la tua testa per fare in modo che non capissi fino in fondo a cosa servisse il software che ti ho commissionato. Ti ho manipolato anche perché smettessi di bere, da solo, ogni notte. Mi dispiace, Lorenzo. Mi dispiace davvero.

Mi appello alla tua fede, alle cose che mi hai raccontato nelle nostre serate, parlandomi del tuo Dio che è amore e perdono, per domandarti un ultimo favore.

Stanotte affronterò il mio ultimo *tripdown*. Il successo di questa impresa è incerto, ma prima di approfondire, lasciatemi raccontare ciò che è successo dopo il completamento della "macchina dei sogni".

Negli anni ho appreso che l'uomo può essere stravolto dal potere dei sogni. L'essere umano avverte in essi una profondità di vita che non riesce a trovare nella veglia. I nostri istinti primordiali sanno che in ogni sogno è racchiuso un messaggio segreto, un seme che germogliando può aiutarci a crescere e a migliorare. Il nostro inconscio viene represso durante il giorno dalla nostra ragione, ed attende la notte per sprigionare tutto il suo infinito potere. Su questo argomento Freud aveva proprio ragione. La nostra coscienza rifiuta ciò che la società definisce immorale (si tratta quasi sempre di impulsi sessuali o di aggressività) e ognuno di noi passa la giornata a censurare i pensieri scomodi. Nel sogno queste idee si liberano con violenza, restituendoci un'allucinazione, una visione distorta e simbolica. Misteriosa e profonda. Decisamente convincente. Sembra paradossale, ma per il nostro inconscio il sogno è la vera realtà.

Di conseguenza, più controllavo il potere dei sogni e più ne rimanevo schiavo. Ho vissuto i desideri di altri, ho lasciato che il mondo delle illusioni sostituisse quello della realtà. Ho navigato come un fantasma tra le brame e i vagheggi di uomini politici, campioni sportivi, attori, scienziati, letterati, gente comune. Mi sono ubriacato dei sogni della gente. Non riuscivo più a lavorare, perché l'unica cosa che desideravo era arrivare a casa, infilarmi il casco neurale, attivare il software e sprofondare dell'oblio, giocando con i pensieri della gente.

Inizialmente, la mia condotta era guidata da una curiosità scientifica pura. Tuttavia, con il passare del tempo, questa curiosità si è trasformata in un desiderio oscuro di testare i limiti del mio potere, spingendomi a soddisfare pulsioni sempre più profonde. Ho iniziato a manipolare la realtà di individui onorevoli, spingendoli a compiere azioni che non avrebbero mai considerato possibili nei loro momenti più lucidi. La mia influenza si è estesa al punto di riuscire a convertire le nature più torbide in esseri mansueti e sottomessi. Man mano che le mie sperimentazioni diventavano sempre più audaci, la sensazione di onnipotenza cresceva dentro di me, culminando in un climax di potere inebriante e pericoloso, che mi ha fatto perdere di vista la distinzione tra giusto e sbagliato.

Fino al giorno in cui, nel profondo di un sogno, ho incontrato l'Uomo Nero.

Stiamo parlando di una notte di un paio di mesi fa. Mi trovavo nella fantasia di una donna, Primo Ufficiale della Gamma Airlines, che avevo notato durante un volo da Chicago a New York. Ci trovavamo seduti in un caffè parigino dei primi del '900, una location scelta dopo avere scansionato le sue pulsioni. Mentre mi perdevo tra i contorni sfumati del sogno, la mia attenzione fu catturata da una figura sinistra: un uomo avvolto nell'ombra, il cui abito nero, di un'eleganza inquietante, andava a fondersi con il buio circostante. La sua camicia, di un grigio fumo che sembrava assorbire la luce, contribuiva a un'aura di mistero e minaccia. Seduto solitario in un angolo remoto, accanto a una porta gialla da cui proveniva un ronzio inspiegabile, osservava immobile. Sulla testa portava un cappello Lobbia, perfettamente abbinato alla camicia, che gettava il suo volto in una penombra più profonda, mentre gli occhiali da sole nascondevano gli occhi, rendendo impossibile intuire il suo sguardo. La sequenza con cui consumava le sigarette, accendendone una con il mozzicone della precedente in un ciclo continuo e meccanico, aggiungeva un elemento di ritualità perturbante al suo comportamento. Questa presenza, così deliberatamente distaccata eppure intensamente focalizzata su di me, emanava un'atmosfera di inquietudine che sfidava ogni logica.

Ho provato a cancellare quell'elemento di disturbo con il pannello di controllo del software, ma ogni tentativo è stato inutile. Si comportava come una sorta di virus informatico o di Intelligenza Artificiale fuori dal mio controllo.

L'ho incontrato di nuovo la notte successiva nel sogno di un poliziotto. Eravamo su uno yacht al largo di Miami, con decine di ragazze bellissime e un dj che suonava musica reggaeton. Lui era comodamente seduto su un lettino, vicino alla prua. Sorseggiava un cocktail e fumava. Continuava a fissarmi. Senza espressione. E c'era anche quella strana porta gialla, di legno, paradossalmente incastonata nella resina del panfilo.

Da allora ogni volta che ho indossato il casco neurale per immergermi nella dimensione onirica, L'Uomo Nero è comparso.

È rimasto sempre fermo, ai margini della trama, in quella zona d'ombra in cui si iniziano a perdere i dettagli della scena. Ho provato a rivolgergli la parola, a tentare un contatto fisico, ad aprire quella strana porta gialla, a potenziare i sistemi di controllo del programma inserendo i migliori anti-virus. Lui non ha mai smesso di fissarmi attraverso i suoi occhiali da sole, senza proferire parola, fumando una sigaretta dopo l'altra. La porta gialla si comportava come una sorta di glitch, ma non c'era modo di aprirla o di sbirciare dall'altra parte.

Ingenuamente, ero giunto alla conclusione che qualcuno mi avesse scoperto e volesse sfidarmi proprio sul mio terreno. Ho pensato che l'uomo in nero fosse una sorta di avatar e ho temuto si trattasse di un'altra squadra di ricerca al soldo dei militari. Disponevano dei mezzi e avevano tutto l'interesse a proseguire gli studi sul condizionamento mentale. Per verificare la mia teoria sono penetrato nell'inconscio di tutti quelli che erano a conoscenza del nostro programma sperimentale, senza trovare il benché minimo indizio. Ho esplorato le menti di ufficiali, soldati, ricercatori, personale amministrativo e politici. Nessuno sospettava che io fossi riuscito a completare l'esperimento con successo.

Ho ipotizzato che la persona dietro a quell'avatar potesse essere uno degli scienziati che avevano lavorato con me all'inizio delle ricerche, prima che il progetto fosse finanziato dai militari. Qualcuno poteva avere avuto la mia stessa intuizione ed essersi mosso parallelamente, magari intercettando finanziamenti privati. Li ho sondati tutti, scavando nella loro psiche, ma anche in questa circostanza ho fatto un buco nell'acqua.

La mia paranoia mi aveva spinto a considerare ipotesi al limite dell'irrazionale, lo ammetto con una certa vergogna. Suggestionato dai tanti incubi che avevo analizzato, sono stato persino sfiorato dall'idea che potesse trattarsi di un'entità penetrata nel mio inconscio per punirmi, una sorta di demone. Suona molto stupido, me ne rendo perfettamente conto, ma non sapevo più dove sbattere la testa. Ero disperato, alla ricerca di risposte, finché non ho capito che la verità era lì, semplice e inconfutabile: l'Uomo Nero, la fonte della mia ossessione, ero io stesso.

Evidentemente l'uso sconsiderato nella macchina mi aveva portato a vivere il mio inconscio in modo troppo profondo. Mi ero abbandonato agli istinti primordiali tanto a lungo da creare un altro me stesso. Una sorta di "Super-Io" freudiano, un censore che mi osserva e mi giudica. Da quando è comparso, infatti, non provo altro che vergogna e senso di colpa. Conosco solo angoscia, in ogni istante della mia giornata.

Se i sogni hanno il potere di plasmare la realtà, allora il peso del senso di colpa nell'esistenza di un individuo si rivela ancora più profondo e insondabile.

Non riesco a distruggere la macchina e il progetto a cui ho dedicato la mia intersa esistenza, ma sento il dovere di impedire che finisca in mani sbagliate.

Ho usato il suo potere per soddisfare i miei capricci. Immaginate questo potere nelle mani di un governo, di un gruppo di terroristi, di un uomo senza scrupoli. Provate a ipotizzare che ne vengano prodotti più esemplari e che la mente di ogni uomo sulla Terra possa trasformarsi in un terreno di guerra.

Con il mio ultimo *tripdown*, questa notte, cercherò di riscattarmi agli occhi dell'uomo in nero, ma soprattutto ai vostri occhi.

Tutta questa lunga premessa serve a chiedervi un favore. Vi imploro di perdonarmi e di ricordarvi di me, perché la mia esistenza abbia avuto un senso e ne resti traccia.

Purtroppo, il cammino che sto per intraprendere è un viaggio di sola andata. La mia mente diverrà un tutt'uno con il software. Ho preso provvedimenti affinché il mio corpo, destinato a rimanere in stato vegetativo, non possa essere ritrovato. La tecnologia, i miei appunti, il codice sorgente e tutto quello che ho messo insieme negli anni non potrà essere recuperato. Temo il vostro giudizio anche per questa scelta. Spero davvero che un giorno arriverete a perdonarmi.

Questa notte tutti gli abitanti della Terra faranno lo stesso sogno, nello stesso momento. Voleranno tra le stelle e ascolteranno una canzone. Non vi ho detto che la scoperta più sensazionale che ho fatto in questi anni è che nei sogni i nostri sensi sono amplificati e funzionano in modo molto differente. Le note musicali sono ben più di sette. Le sfumature di colore, l'estensione dei suoni, sono infinitamente di più. Ho udito note che il mio cervello non aveva mai registrato durante la veglia, melodie che mi hanno emozionato più di ogni altra cosa in tutta la mia esistenza. Ho pianto ogni lacrima. Ho riso fino ad avere la gola secca. Voglio regalare al mondo questa musica, affinché possa goderne appieno e comprendere che i limiti sono solo quelli che imponiamo a noi stessi.

Se il mio ultimo *tripdown* avrà successo, solamente voi due sarete a conoscenza della verità. Quando la Terra si sveglierà da questo sogno, in molti si interrogheranno su cosa sia accaduto. Lasciate che la gente scelga la propria risposta. Qualcuno lo interpreterà come un messaggio di speranza, ed è a loro che spero sia destinato il futuro.

Con affetto e gratitudine,

Prof. Nathaniel Jeremy Summer

LA PORTA GIALLA

L'umanità si perde da sempre nella contemplazione delle stelle, un viaggio che ha intrecciato le sorti di antiche civiltà - dai saggi astrologi della dinastia Shang ai misteriosi Maya, dagli eruditi arabi ai pensatori del Mediterraneo - tutti uniti dal desiderio di sfidare i confini dell'infinito. La nostra incessante ricerca tra le costellazioni non ha svelato i segreti ultimi dell'Universo, una vastità che si estende per oltre 46 miliardi di anni luce, un mosaico di stelle e misteri che sfida ogni tentativo umano di categorizzazione.

La sfida di afferrare la vastità dello spazio diventa ancora più vertiginosa quando immaginiamo le stelle visibili dalla Terra come granelli di sabbia racchiusi in un mestolo, e quelle invisibili anche ai più moderni telescopi spaziali come una sfera di sabbia larga chilometri, un vasto dominio di luce nascosta in attesa di rivelazione.

I buchi neri, con il loro abbraccio gravitazionale capace di inghiottire materia e luce, ci sussurrano dell'esistenza di singolarità dove il tessuto stesso dello spaziotempo si contorce in una danza infinita. Questi fenomeni misteriosi, al confine tra la realtà e l'immaginazione, rappresentano una sfida alle nostre certezze più radicate, luoghi dove la materia converge in densità insondabile e dove le leggi della fisica sembrano reinventarsi.

Guidati dalla teoria della relatività, dalla cosmologia quantistica e dalle promettenti teorie delle stringhe, cerchiamo di svelare l'armonia celata dietro il caos celeste apparente. Questi viaggi intellettuali, che spaziano attraverso la trama complessa dell'universo, o forse degli universi in un Multiverso concepito, ci ricordano che, nonostante gli enigmi che ancora ci attendono, cerchiamo di mantenere la coerenza in un mondo dove 2+2 possa ancora eguagliare 4, anche di fronte all'infinito.

Quello che gli scienziati e i ricercatori ignorano, è che al centro del Multiverso, su un minuscolo corpo celeste fermo nel punto di non ritorno in prossimità di un buco nero, esiste un piccolo bar. Non tutti gli scienziati lo ignorano, a dire il vero. Stephen Hawking è considerato un avventore abitudinario e ogni martedì ha un tavolo riservato vicino ad una delle finestre più grandi, da cui si può osservare meglio l'orizzonte degli eventi.

Intorno al locale non c'è nulla se non una distesa di rocce e cristalli neri a perdita d'occhio. Dalla sabbia bruna che si mischia allo strato roccioso spuntano piccoli fiori dai petali bianchi e arbusti dall'aspetto spiraliforme. L'edificio in pietra alto 2 piani ha numerose finestre su ogni lato, alcune più ampie di altre, tutte prive di persiane. All'interno sono ben visibili le grosse travi in legno che sorreggono i soffitti molto bassi. Il pavimento è in legno, così come il soffitto della sala grande, dove è collocato uno splendido bancone risalente al diciassettesimo secolo di fronte al quale si trova una semplice porta di legno dipinta di giallo, fissata all'interno di un portale di noce massello, scolpito a mano ed ebanizzato per sembrare in ardesia. I soggetti intarsiati nel portale raccontano i miti, le allegorie e la storia del mondo, e sulla trave maestra è scolpita la parola "MOCAMBO".

Lo spazio principale è arredato con tavoli di legno scuro, panche e sedie spaiate, e le pareti sono piene di fotografie, disegni e teche con oggetti provenienti da ogni angolo del mondo e da ogni epoca storica. La sala grande è circondata da un labirinto di piccoli salotti, corridoi, scale ripide e strette che portano ai piani in cui vive il personale e nelle camere per gli ospiti.

Questo bar al centro del multiverso è un crocicchio in cui si possono incontrare persone che hanno ricevuto il dono di infrangere le regole del loro tempo. Non è chiaro il perché abbiano ricevuto questo dono e da chi, ma questo Mocambo è l'unico luogo presente contemporaneamente in tutti gli universi e in ogni istante dall'inizio alla fine del creato.

Anche quel giorno, avvolta da un bagliore evanescente, la porta gialla iniziò ad emanare la sua luce pulsante. Alcuni lampi serpeggiarono sul pavimento, allungandosi in modo repentino fino al bancone del bar. Maccaja, la barista che era di turno in quel frangente, si coprì gli occhi cercando di proteggerli dal riverbero accecante, ma riuscì comunque ad intravedere la sagoma di un uomo varcare la soglia e camminare lentamente fino al centro della sala. Appena la porta si richiuse alle sue spalle, si tolse il cappello, prese uno sgabello e si sedette al bancone.

* * * * *

"Non ho mai temuto la morte, non la considero il nostro vero nemico; ciò che mi intimorisce profondamente è il tempo. Forse è per questo che non sono mai riuscito a portare l'orologio e che non ho mai amato festeggiare i compleanni".
La barista alzò un sopracciglio per inquadrare meglio l'uomo che, dopo un lungo silenzio, aveva finalmente iniziato a parlare. Poi, senza commentare, passò lo straccio sul bancone, sollevando il posacenere per raccogliere un po' della sporcizia che si era accumulata davanti all'avventore che aveva varcato per ultimo la porta gialla. Quel signore distinto, vestito con un abito di lino color crema e una camicia azzurra aperta sul petto, era entrato al Mocambo qualche ora prima, sedendosi direttamente sullo sgabello più nascosto. Si era tolto il cappello - un vecchio Panama ingiallito - ed aveva ordinato un whisky dopo l'altro, sgranocchiando pistacchi fino a formare una montagna di gusci tutto intorno al

suo quaderno.

Aveva iniziato a scrivere subito dopo essersi seduto, fermandosi solo per bagnare le labbra o per trovare la concentrazione. Poi, scrollando la testa, aveva strappato le pagine che aveva scritto, le aveva accartocciate e gettate nel cestino, adagiandosi sul bancone.

"Lento e inesorabile, è il tempo il nostro implacabile antagonista", disse chiedendo con un cenno a Maccaja il permesso per accendersi un sigaro. Si guardò intorno, ma nessuno degli altri clienti del Mocambo ebbe alcunché da obiettare. Prese il suo tagliasigari e posizionò le lame sulla spalla del suo Partagas serie D numero 4, il punto in cui l'estremità curvata del robusto inizia a raddrizzarsi. Tagliò con un unico movimento fluido l'estremità del sigaro e lo accese, soffiando una densa nuvola di fumo verso uno dei numerosi ventilatori appesi al soffitto.

"Il tempo è un artifizio umano," commentò la barista. "In verità viviamo tutti in un eterno presente. Se sei arrivato qui e hai varcato la porta gialla sai di cosa sto parlando".

L'avventore annuì.

"Oggi é il mio ultimo giorno al Mocambo", continuò Maccaja, "e il mio turno sta per finire. Ti va di bere un ultimo goccio insieme?"

L'uomo fece strisciare il suo bicchiere lentamente lungo il bancone ed osservò l'alcol precipitare dal collo della bottiglia. Poi fermò il tempo con uno schiocco delle dita. Il fluido rimase sospeso, immobile, come fosse congelato.

La donna - senza scomporsi - tolse la mano dalla bottiglia, che rimase bloccata a mezz'aria.

Tutto era come pietrificato. Il fumo, i ventilatori, il disco che stava girando sul grammofono. Ogni cosa era avvolta da una coltre di grigio silenzio.

"Ne ho viste accadere di cose strane qui al Mocambo, ma questa proprio mi mancava", commentò la barista senza tradire particolari emozioni. "Deduco che sarai tu a sostituirmi da domani... non hai l'aspetto di un barman".

"Mi hanno detto che ti chiami Maccaja," disse l'avventore chiudendo il quaderno e infilando la penna nel taschino della giacca. "Ci siamo incontrati diversi anni fa, in un altro Mocambo. Mi chiamo Orso, ma credo tu conosca già il mio nome".

La donna sorrise. "Terra, universo 365. Parigi, anno 2029".

Orso la guardò negli occhi, cercando di decifrarne il colore. Erano tendenti al verde, ma vicino alla pupilla si irradiava una corona di pagliuzze dorate. Portava i capelli corti, quasi rasati sulla nuca, ed alcune ciocche erano colorate in azzurro e blu elettrico. La sua pelle aveva un colore particolare, a metà strada tra l'ambrato e l'olivastro, e i suoi lineamenti suggerivano origini nordafricane. Indossava una canottiera bianca, di cotone, e sulle braccia aveva diversi tatuaggi. Un drago cinese che serpeggiava intorno all'avambraccio sinistro, una corona con un avvoltoio raffigurato con le ali aperte sul collo, la scritta "Kintsukuroi" in ideogrammi giapponesi sulla spalla destra, una strega che cavalcava una scopa, una frase in francese da "Cyrano de Bergerac" che recitava più o meno così: "*Lontan da questo mondo cupo, plebeo, bugiardo, esisterà un Paese per cuori di riguardo*".

Era bella, di una bellezza malinconica, e si ricordò di avere pensato le stesse cose quando l'aveva incrociata per la prima volta, a Parigi.

"È esatto," disse infine Orso. "L'ultima volta che sono entrato nel Mocambo di Montmartre era il 2029, pochi giorni prima di attivare la mia macchina del tempo... La finestra del mio studio si trovava proprio sopra l'ingresso del locale. Ogni tanto scendevo e mi concedevo un whisky, come lo proponeva quel ragazzo con quella macchia rossa sul viso: con arancia, ghiaccio e Amaretto di Saronno. Una sola volta me lo hai preparato tu, una delle ultime sere prima di completare il mio esperimento".

"E oggi arrivi qui e fermi il tempo. È merito della tua macchina quindi?".

"Purtroppo no. La macchina del tempo, così come l'avevo immaginata, non funziona. Non si torna indietro. Questione di fisica o forse di chimica. Anzi... È solo questione di tempo, e non è un gioco di parole". Orso riprese a fumare il sigaro e le nuvole che si erano cristallizzate nella stanza iniziarono a dissolversi. "Sono stato un idiota... Come altri prima di me. Prima o poi la combineremo troppo grossa. A furia di giocare a fare gli dei, manipolando la natura e negando le sue regole secolari, continuando ogni giorno, in ogni parte del mondo, a sfidare fisica, chimica e buonsenso, faremo qualcosa di irreparabile. Nei libri e al cinema lo abbiamo previsto in tutte le variabili possibili: virus letali, pandemie create in laboratorio, variazioni climatiche irreversibili, rivolta delle macchine, guerre termonucleari, mutazioni azzardate, fino all'apocalisse zombie. Prima o poi la combineremo troppo grossa, e se quel giorno non avremo imparato come riavvolgere il nastro, saremo spacciati".

Maccaja sorrise di nuovo. "Non è necessario che l'umanità possa muoversi a ritroso nel tempo per riscrivere la storia. Basterebbe avere un po' di buon senso in più".

"È la nostra natura," fece l'uomo raccogliendo il whisky sospeso nell'aria con il suo bicchiere. "Come la storiella della rana e dello scorpione. Siamo spinti a modificare l'ambiente in cui viviamo, a personalizzare ogni cosa, a sfidare l'ignoto. Ed ora... eccomi qua, fuori dalle regole dello spazio e del tempo".

Orso si alzò dallo sgabello e si avvicinò a una finestra. Spostò la tenda e guardò fuori. Intorno a quel Mocambo c'era solo una enorme distesa di pietra e cristalli neri. Nessun edificio, nessuna città, né anima viva. Non c'era nulla che si potesse scorgere all'orizzonte. Osservando il cielo l'uomo provò un senso di vertigine. Stelle, galassie e nebulose volteggiavano in una danza dal ritmo impercettibile, in un continuo e pigro vorticare. Il suolo e la volta celeste si fondevano all'orizzonte, ingannando la vista, e al centro di tutto questo un enorme buco nero inghiottiva ogni cosa, compresa la luce.

"Secondo le nostre attuali conoscenze", continuò Orso senza riuscire a distogliere lo sguardo dall'orizzonte degli eventi, "il tempo può essere compresso o dilatato, ma non esiste nulla di credibile - nemmeno a livello teorico - che possa farlo scorrere al contrario. La mia macchina del tempo resterà una chimera".

"Siamo solo umani," rispose Maccaja, raggiungendo l'uomo vicino alla finestra. "Anche qui nel *Mocambo di tutti i Mocambo,* dove il tempo non esiste. In tutti gli universi paralleli, nelle diverse epoche storiche, sulla Terra o nello spazio profondo, persino nel cuore di questo buco nero, siamo solo umani".

La barista prese la mano dell'uomo che si voltò a guardarla negli occhi. "Le nostre sono minuscole esistenze. Piccole storie. Alcune di queste storie arrivano al Mocambo per essere raccontate, come si fa da sempre intorno ad un fuoco o al bancone di un bar. Aggiungendo un particolare, inventando un finale migliore, inserendo nuove battute... Rispetto all'universo, l'essere umano è una variabile infinitesimale. Sembrerebbe non contare nulla. Ma le nostre storie di vita quotidiana, così come quelle dei popoli che da milioni di anni ci hanno preceduto e che per milioni di anni sopravviveranno a noi, sono l'energia che mantiene in vita tutto ciò che esiste".

Orso chiuse la tenda. La mente umana non riusciva a contemplare troppo a lungo la vista di un buco nero. Le deformazioni di uno spazio a quattro dimensioni sfidavano ogni legge della fisica. "Sei stato scelto per continuare il mio lavoro," proseguì Maccaja.

"Farai il tuo periodo di apprendistato qui, nella sede centrale, e poi sarai assegnato ad uno dei Mocambo sparsi nello spazio e nel tempo. Ti auguro di finire su qualche atollo paradisiaco a servire cocktail con gli ombrellini".

"Hai mai conosciuto il Titolare?" domandò Orso. "Vorrei capire perché abbiano scelto proprio me per questo... incarico".

"I soci sono persone molto riservate," rispose Maccaja, tagliando corto. "Accontentati di avere vinto alla lotteria. Non sei morto e non morirai fino a quando svolgerai il tuo lavoro diligentemente. Quella cosa di... fermare il tempo, invece, credo sia un loro dono speciale. Chissà cosa hanno in mente".

L'uomo si guardò intorno. Osservò le vecchie travi annerite che reggevano il peso del locale. Scrutò tra le mensole sulle quali erano appoggiati oggetti impolverati: un veliero in una bottiglia, un wakizashi giapponese, vecchi vinili, trofei sportivi, una chitarra a cui mancava il Mi cantino, la riproduzione di una vecchia moto americana...

Sulle pareti erano appese centinaia di fotografie di altri bar, polaroid ingiallite sulle quali qualcuno aveva scritto il nome della località e la data dello scatto. Orso riconobbe il Mocambo di Parigi, ma gli risultò familiare anche una sala da té nella quale, da ragazzo, aveva trascorso pomeriggi a conversare con la donna di cui era innamorato. "Ora ricordo! Si chiamava Mocambo anche quel vecchio bar". Il suo cuore ebbe un sussulto.

"La morte è un dato di fatto, ma allo scorrere del tempo non siamo mai davvero preparati", disse Maccaja, che nel frattempo si era infilata una giacca di pelle ed aveva recuperato la sua borsetta. "Da ragazzini abbiamo una stramaledetta fretta di crescere. Vogliamo avere l'età giusta per uscire da soli con gli amici, per avere le chiavi di casa, per guidare il motorino, per andare in vacanza in auto. Poi all'improvviso, ci accorgiamo che la vita viaggia a 300 all'ora e vorremmo tirare il freno, voltarci indietro, riavvolgere il nastro. Ci rendiamo conto che non raggiungeremo che una minima parte degli obiettivi che ci eravamo posti. Che non riusciremo a vivere tutte le esperienze che sognavamo. Che non c'è più tempo per recuperare".

"Rimpianti e rimorsi," rifletté Orso. "Ogni scelta comporta una rinuncia, ma al tempo stesso ci definisce. Ogni scelta rappresenta in sé una perdita, la negazione di qualcosa che poteva essere. Chi non è in grado di accettare il peso della rinuncia, probabilmente non sceglierà mai niente e permetterà che siano gli altri a decidere al suo posto".

"Le scelte che non costano fatica sono prive d'amore", commentò Maccaja. "L'unica via di scampo è riuscire a vivere pienamente il presente. *Hic et nunc*, qui e ora. Esistiamo solo nel momento che stiamo vivendo, non nel passato e tantomeno nel futuro. Questa è l'unica cosa che ho imparato lavorando qui. Ti senti pronto?"

L'uomo prese in mano il suo cappello. Accarezzò la tesa con il pollice e si prese qualche secondo prima di continuare la conversazione. "Ecco, è in casi come questo che mi torna sempre in mente la parabola dei talenti, Matteo 25,14-30. Per tutta la vita mi sono domandato: avrò fatto abbastanza prima che mi venga presentato il conto? Sarò riuscito a dimostrare di avere meritato tutti i doni che ho ricevuto? Ho lottato con tutte le mie forze per guadagnarmi il diritto ad essere felice? Credo di averci davvero provato, fino in fondo, ma non ho idea del risultato finale".

"È davvero così importante?"

"Non lo è per l'Universo, ma per me sì... Il desiderio di conoscere, di trovare le risposte ad ogni interrogativo, fa sempre parte della nostra natura. Qualcuno si ricorderà di me?".

Maccaja sorrise. "Stai parlando di lei, adesso? Ti rendi conto che non ha più senso? Che in questo istante potrebbe essere morta, o non ancora nata, o mai esistita nell'universo che sta passando ora davanti alla finestra? Potreste essere innamorati a Parigi o nemici su un campo di battaglia. Potrebbe essere una spia russa, il comandante di una nave spaziale, la compagna che hai tradito. Magari è un astice nella realtà a cui sarai destinato dopo l'apprendistato".

"Io non credo," rispose Orso. "L'infinito ha senso solo se esiste almeno una costante, un punto fermo da cui poter osservare le cose. Nella mia storia personale esiste un punto fermo: in ogni linea temporale, in ogni universo, in tutti i mondi paralleli, se lei non esistesse, cesserei di esistere io stesso".

"Allora perché hai accettato questo lavoro?"

"Non avevo altra scelta".

"C'è sempre un'altra scelta. Potevi accettare la tua fine e farti bastare la vita che hai vissuto". Maccaja si avvicinò al suo orecchio e sussurrò: "la verità è che non ti sei ancora arreso".

Orso sorrise. "Sai già dove ti hanno trasferita?"

"Palma de Mallorca, un chiosco sulla spiaggia". La barista tirò fuori dalla borsetta un paio di infradito e strizzò l'occhio. "Dovrò fare una ceretta prima di mettermi in costume".

I due rimasero qualche secondo in silenzio. "Posso chiederti un'ultima cosa," fece lei prima di congedarsi. "Cosa stavi scrivendo su quel vecchio quaderno?"

"È il primo racconto che ho inventato, da ragazzo, per provare a fare colpo su di lei. È la storia di un uomo di carta che si innamora di una donna di fuoco. Nel suo mondo di carta lui ha tutto quello che si può desiderare: ha una bellissima casa di carta, un'auto favolosa, ha persino un cane e un gatto di carta. Vive circondato da amici di carta, ha un lavoro che gli piace e il suo ufficio di carta è dotato di ogni confort.

Un giorno sull'altro lato del fiume che lambisce la città di carta si trasferisce una donna di fuoco. Lui la osserva dalla finestra mentre stende i panni sul terrazzo della sua casa di fuoco, quando prepara la cena con i gatti di fuoco che si strusciano sulle sue gambe, mentre porta a spasso il suo cane di fuoco o rientra felice da una serata con le amiche di fuoco.

I loro sguardi si incrociano sempre più spesso e ogni volta il cuore di carta dell'uomo di carta batte più forte.

Come è chiaro a tutti, un uomo di carta non può avere alcun tipo di contatto con una donna di fuoco. È davvero un amore impossibile. Se solo si avvicinassero lui finirebbe in cenere. Ma un giorno scoppia un terribile temporale. Quando piove gli abitanti della città di carta si chiudono in casa, riparati dai loro tetti di carta che resistono a malapena ai danni dell'acqua. Ma il nostro uomo di carta decide di uscire, di sfidare la tempesta e corre in mezzo al ponte che separa le due case.

Gli abitanti della città di fuoco sono ancora più spaventati dalla pioggia e si rifugiano sotto le braci ardenti, in attesa che cessi il pericolo. Ma la donna di fuoco - nonostante il rischio di spegnersi - è tentata di correre fuori e raggiungere l'uomo di carta che, fermo in mezzo al ponte, si sta lentamente sciogliendo. Potrebbe essere l'unica occasione della loro vita per incontrarsi, prendersi le mani per qualche istante, persino provare a scambiarsi un bacio".

"E quindi? Come finisce la storia?" domandò Maccaja.

"Non sono mai riuscito a scrivere il finale giusto", rispose Orso, "in fondo è un amore impossibile".

"Ora il tempo non ti manca," lo punzecchiò aprendo la porta. Fuori il silenzio era irreale. Il firmamento volteggiava come prigioniero di una sfera, tutto intorno al Mocambo. Cielo e terra si rincorrevano, in una eterna spirale. "Trova un lieto fine. Sono convinta che anche lei, in fondo, provi qualcosa per te".

"Chissà... Ma questa è un'altra storia. Buon viaggio, Maccaja".

"Addio, Orso".

MOCAMBO
Nicola Bellotti

---

prima edizione agosto 2014
edizione aggiornata, febbraio 2024

antologia illustrata
realizzata per il 25° anniversario di Blacklemon
www.blacklemon.com

9 788890 634284

www.ingramcontent.com/pod-product-compliance
Lightning Source LLC
Chambersburg PA
CBHW060644260626
47161CB00008B/2985